故事六十八

李家同 著

儲嘉慧 繪圖

〈自序〉我要做一盞小燈

李家同

我們天生就有同情窮人的想法，我們總認為窮人最缺乏的是金錢，其實窮人最缺乏的是尊嚴。我們大家都可以一天不吃飯，以試圖體會飢餓的滋味，但是我們很少人能夠真正地做一天乞丐的，因為我們誰都不能忍受那種被人輕視，被人侮辱的感覺。

這本書的書名叫做「故事六十八」，〈六十八〉是我寫的一則故事，描寫小乞丐的沒有尊嚴，因為平均而言，他要向人乞討六十八次，才有一人給他錢。我希望藉此機會喚醒社會大眾對弱勢人士尊嚴的重視。有的時

候，當我們幫助弱勢團體的時候，必須非常小心，以免傷了他們的自尊心。我們總要避免給弱勢團體我們在施捨的印象，而要使他們認為我們是他們的朋友。這不是一件容易辦到的事，但我們總要努力去做。

我教書已經教了三十多年了，所認識的教授當然不少，學生更是多得不計其數。教授也好，學生也好，都有一個毛病，大家都要表現自己有學問，絕不能被人問倒。尤其是我的研究生，他們看了論文以後，多半是一知半解，但是他們回答我的問題的時候，常常假裝懂，其實假裝是沒有用的，因為我們教授都有技巧，很快地就能拆穿同學們的假面具。教授們當然也有困惑的時候，但我發現教授們更要假裝懂，因為我們是很重面子的人，大教授被問倒，將來如何有顏面見江東父老，所以我們對各種問題，一概應答如流，即使不懂，也要假裝懂。

要教授說「我不知道」，乃是一件需要勇氣的事，可是我的文章裡的主角卻向來無所謂，知之為知之，不知為不知，他的這種態度，使得他的學問越來越好，我寫這篇文章〈我不知道〉，真是苦口婆心，因為我們不懂任何一個問題，其實是沒有關係的，承認不懂，反而使我們可以去弄懂它。久而久之，學問就會紮實了。

〈蘋果〉這篇文章，寫的是一個老兵的事，我向來痛恨戰爭，所謂「抗美援朝」，現在的年輕人多半連聽都沒有聽過。反正就是有人被派到韓國去打仗就是了。我們在電影上常看到士兵們多半勇敢，其實他們都是可憐蟲，他們不但可能被打成殘廢，可能被打死。最倒楣的是他們其實經常沒有東西可吃。試想，如果戰線拉得很長，誰能保證每一位在砲火猛烈攻擊下的小兵有東西可吃？

蘋果是可以救命的東西，手榴彈卻是可以致命的東西，對於可憐的小兵而言，丟來的蘋果使他想起丟來的手榴彈。這是人類的悲劇，受過戰爭洗禮的人，大概永遠洗不掉戰爭所造成的心靈創傷。

〈我日用糧〉來自耶穌親自撰寫的祈禱文，遺憾的是，這個年頭，誰

會細細咀嚼「我日用糧」的含義。對我來講，這四個字一定是要我們不要擁有太多的財富，夠用就好了。如果我們偏偏就是有能力賺錢，也沒有關係，你可以盡量去賺，但是賺到的總該捐一些給窮人吧。留那麼多的錢，有什麼用？

我最近在教「類比線路」，一般人現在設計的線路是「數位線路」，比較簡單。我教這門課，實在苦頭吃足，到處問人。至於〈類比線路專家〉，不僅是要表示我的感謝之意，也是要提到另一個我的親身經驗，「得天下頑童而教之，一樂也」。故事裡的類比線路專家，一方面大概對電子技術極有興趣，但他顯然最喜歡的是教那些鄉下的調皮小孩。我快退休了，我當然不會放棄研究線路等等，但我會花更多的時間教調皮的小孩子。

教小孩子，一定要因材施教，〈法國菜單〉，就是在講這個觀點。我們其實總要訂出一個低標準，也應該看看同學們有沒有通過這個最低標準，凡是通過這個最低標準的，就應該得到獎勵。我們現在有很多老師往往出很難的題目考學生，對於不夠聰明的孩子來說，這種考試往往是嚴重的打擊。

我一直在教英文，也規定研究生一定要用英文和我通訊，我卻發現很多人搞不清楚什麼時候用現在式，令我煩惱之至。我同時又想起了另一個現象，在很多窮國，窮人的生命是極不值錢的。在我們國家，人去世了，一定要去申請到死亡證明，落後國家中，窮人生下來的時候，並沒有去領出生證明，一輩子也都沒有拿過任何身分證，去世了，當然也沒有需要死亡證明。我寫的〈現在式〉，就是混合了這兩件事。

至於〈我又晚起了〉，我是在講一個簡單的道理，很多我們認為不起眼的東西，對人是非常有用的。我們老人有的是時間，可憐的年輕人，他們卻就是時間不夠用。如果我們老人能將自己的時間借給他們，那多好。

從〈我又晚起了〉，我又將這種觀念延伸了一下，寫出了〈老人得

志〉，我們總不要以為自己老了，就變成了老廢物，我們總有些東西是可以給別人的，七百五十元台幣可以在非洲養活一家人過一個月，我們總有這種能力吧，我的文章中提到我會彈鋼琴一事，幾乎是真的。我常在家裡亂彈一氣，彈得迴腸盪氣，太太和女兒大概是敢怒不敢言也。

我一直對「化身博士」那個故事感到興趣，因為我們人人都多多少少有雙重人格的，只是我們都會壓抑住那一種邪惡的一面。〈深夜訪客〉就是這樣寫出來的。

在我寫這篇序文的時候，正是公元二〇〇七年過掉的時刻，回顧過去的這一年，我們實在不能感到很舒服，在年底，巴基斯坦的前任總理布托女士被暗殺，肯亞才舉行過總統大選，大選以後，現任總統當選，但是反對黨立刻認為選舉不公，肯亞也因此爆發了暴動，很多貧民窟立刻變成了廢墟，有一群小孩子躲到了一座教堂去，居然仍然被人放火將他們這批可憐的孩子活活燒死。在伊拉克，聯合國衛生組織公布了他們的研究報告，

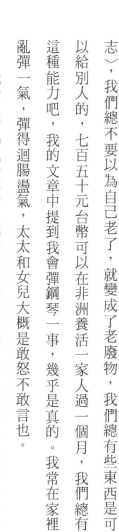

根據這份報告，自從美國入侵伊拉克以來，已經有十五萬人喪生。

很多人都會希望能夠替人類做一些事，以減輕人類的痛苦，但是我們好像對於世界上的問題，完全無能為力，我們不可能使巴基斯坦有一個像樣的政府，不可能讓肯亞有一次公平的選舉，更不能停止索馬利亞境內長達幾十年的內亂，我們無法解決蘇丹境內的撻伐難民問題，我們更不能使數十億的窮人得以過夠溫飽的生活。

我們羨慕太陽，因為太陽將光和熱帶給了地球，我們誰也不是太陽，但我建議我們做一盞小燈，將光和熱帶給我們周遭的人。人不分貧富，不分男女，不分種族，不分社會地位，都需要別人對他的愛與關懷，國中生考高中，高中生考大學，大學生考研究所，公司的工程師設計新產品，企業家面對同行激烈的競爭，學者做研究時遭遇到瓶頸，都會渴望來自別人的關懷。至於弱勢團體更需要我們的關懷了。如果我們稍微注意一下，就不難發現我們的周遭有不少不幸的人，我們每一個人都可以幫助他們的。

只要我們立志做一盞小燈，我們就使我們周遭的人感到一些光和熱。千萬盞小燈，會使千萬個人過得更好的。各位不妨看看〈太陽下山，回頭看〉，我在這篇文章中推行「小燈主義」，提倡人人都努力做一盞小燈。

除了這些故事性的文章以外，這本書還收集了我的一些議論性文章。對我來講，我最關心的兩件事是教育和工業技術。

我國的教育並不差，但是我們孩子們的學業程度有極大差異，是我們最該擔心的事。我曾經遇到過小學四年級的學生不會加法，小學五年級的孩子不會減法。也有很多高中生不會分數加減，最嚴重的是英文上的差距，我知道很多小學生已經會做英文作文，但又有很多國中畢業生幾乎背不出英文的二十六個字母。

國家有程度不好的孩子，乃是不可避免的，但是大家都知道，我國程度不好的孩子，多半來自弱勢的家庭。將來這些孩子長大以後，競爭力很差，一定又是弱勢團體的一份子。因此我們國家的貧富不均的現象一定會越來越嚴重。富者越富，國家可以不在乎，但是貧者越貧，卻絕對不是好事。我寫了好多文章，無非是希望大家共同努力，使很多弱勢孩子能夠有更好的學業程度。

我其實一直在輔導一些弱勢的孩子，我的經驗是：程度差的孩子是可以教好的。大多數程度差的孩子來自弱勢家庭，因此回家常常不做功課，以英文為例，小學生每週只有兩小時的英文課，如果孩子家人中都不會英文，沒有錢請家教，也沒有錢進補習班，難怪很多弱勢孩子英文奇差無比，要使這些孩子英文好一點，我們只要每天都給他在課餘唸英文，時間長了，他們一定英文就不錯了。孩子如果數學不好，我們只要每天替他補習，他的數學一定也會不錯的。

要教好弱勢孩子，先決條件是因材施教，讓程度不好的學生和程度好的學生一同上課，幾乎是等於謀殺。因為畢竟程度不好的學生是少數，老

師都只能顧到大多數的同學，班上有這類非常落後的學生，老師當然只有放棄。

因材施教的先決條件卻是要知道每一個孩子的真正程度。國家絕對要有定期地做學生程度的檢測。教育部不應規避這個責任。

除了教育之外，我另一關心的議題是我國的工業技術水準。民國六十四年，我從美國回到台灣，當時我國落後的情形實在非常嚴重，國民平均所得只有九百美元，到了民國八十五年，國民平均所得增加到八千多美元，台灣也從此由一個農業國家進步到了一個工業國家，為什麼我們能有如此好的進步？這段時期在李國鼎和孫運璿先生的倡導之下，我們引進了半導體和自動化技術，而且也大幅度地使各行各業使用了電腦技術。由於這些努力，我們的工業技術大為提高。我們的經濟也因此而大為改善。我們應該感謝孫運璿先生和李國鼎先生所促成的工業革命。

可是，我們必須承認，雖然我們是一個工業國家，但我們的工業產品卻大多數是比較便宜的，因此我們是處於非常危險的狀況之中，韓國的汽車不僅賣到了美國，也賣到了歐洲和俄羅斯，他們在電子以及通訊的技術更是遠遠地超越了我們。中國大陸也在急起直追。如果我們不能提升我們的工業技術水準，我們就不可能賺很多錢，我們的經濟不可能再有什麼顯著的進步的。

我們應該有第二次的工業革命以提升工業技術水準。這一次，我們不能僅僅引進一些外國技術而已，而是要徹底地建立我們的基礎工業技術。需知，我們之所以落後於很多國家，基礎技術不如人，乃是主要原因。要打好工業水準的基礎，不是易事，如果我們的政府痛下決心下苦功，我們的基礎也是會打好的。一旦工業的基礎打好了，我們就可以生產有高附加價值的工業產品，我們的經濟也就可以改善了。

我寫這些文章有用嗎？我看是沒有多大用的。我只好常常安慰自己，總有些人會發現教育上程度差異太大是件危險的事，也會有人發現我們的

工業基礎不夠好，也是件危險的事。要解決這些問題，要有政府官員來做，如果他們完全無動於衷，我沒有辦法也。誰叫我是小人物？

雖然我是小人物，我仍要做一盞小燈，在黑暗中，散發一絲微弱的光。

目次

【下輯】

故事六十八

（上輯）

六十八

前一陣子，老楊忽然顯得有點心情不好……

有一天我到他的辦公室找他，

談完公事以後，忽然發現他的牆上掛了一個鏡框，

框內只有一張白紙，紙上寫了阿拉伯字的六十八，

這個數字代表什麼呢？

老楊是我們銀行裡的首席分析師。在總經理要做重大決定以前，老楊一定要給總經理做一個相當徹底的分析。分析永遠在於這個決定的得和失。所謂得，當然是可能的得，所謂失，也當然是可能的失。老楊在分析的時候，會用很多數學，可是他在做報告的時候，卻不會強調數學，而用非常直觀的方法來解釋他的分析。

為什麼他的分析一直受到重視，主要的原因在於他的資料非常正確而完整。如果我們要在某個地點設立分行，老楊一定會知道這個地區居民的收入、職業等等。我們有時會奇怪老楊如何能在如此短的時間裡得到資料，據他說，他其實是用抽樣調查的方法，據我所知，他的統計學學得非常好，這使得他的資料得以非常完整。

因為老楊常常要收集資料，他養成了隨時隨地觀察的習慣。有一次，我們在一家百貨公司一樓的咖啡館喝咖啡，一個小時下來，他告訴了我這百貨公司情況不妙，因為提袋率太低了。果真不久，這家百貨公司傳出了

68

財務危機的消息。更有一次，我們一齊到國外出公差，他又表演了一手，他猜那個城市的收入是多少，事後查證，他的確猜得很準。據他說，他是看街上汽車的牌子以後估算出來的。

老楊一直是一個很快樂的人，這也很自然。他的工作得心應手，薪水非常高，他從來沒有感到什麼壓力，因為他僅僅負責分析而已。最後決策的決定總是別人做的。何況他的分析向來非常有用。

前一陣子，老楊忽然顯得有點心情不好。他過去很喜歡講笑話，現在比較少講了。有人和他聊天，他也會發呆，好像沒有聽到你在講什麼。有一天我到他的辦公室去找他，談完公事以後，忽然發現他的牆上掛了一個鏡框，框內只有一張白紙，紙上寫了阿拉伯字的六十八，這個數字代表什麼呢？我當時百思不得其解。

老楊看出了我的困惑，他立刻叫我不要離開，他要解釋給我聽是怎麼一回事。他說前些日子，他到印度去出差。住在一家旅館裡，他住的房間有落地玻璃窗，可以看到街景，他注意到對街有一個小乞丐，來來回回地向行人求乞。他的老毛病又犯了，他開始計算平均這個小乞丐在經過多少次求乞以後，可以得到一次反應，因為絕大多數的路人是不理會他的，一個小時以後，他得到了答案，這個小乞丐平均要乞討六十八次以後，才有一次成功。

老楊得到了這個答案，心中難過至極。因為他這一下可以完完全全地瞭解做小乞丐的滋味了。他想，如果我每次求職，要寫六十八封求職信，才會有一封回應，已經非常沮喪了，這位小乞丐卻終其一生，都要在街上向人乞討。老楊想，這種生活，他一天都受不了，如果要過幾十年如此沒有尊嚴的生活，他是無法想像的。

老楊當天晚上睡不著覺，他想起有人用數羊來使自己入眠，因此他就數起羊來，可是他每次數到六十七，就數不下去了。六十八忽然變成了一個永遠不能到達的境界。他從頭再來，依然到不了六十八。所以老楊在床上醒了好久，才能入睡。老楊的經驗使他覺得人人都應當在平時就假設自己是一個小乞丐，因為唯有這樣才能體會到乞丐沒有尊嚴的痛苦。他的兒子才參加飢餓三十回來。老楊卻告訴他，他應該虛擬實境，假設自己是一個乞丐。他的兒子試了一次，發現做乞丐的痛苦並不在於感到飢餓，而是感到個人毫無尊嚴可言。

老楊已經不能去豪華飯店吃飯了。對於任何奢侈的東西，他都失去了興趣。他常常去一家專門照顧窮苦老人的單位做義工，有人曾經看到過他做義工的情形。有一位同事說他從未看過這種態度的義工，我問他是怎麼一種態度，他想了半天，最後結結巴巴地說，老楊不是普通地在做服務而已，他是在侍奉。我懂得這是因為老楊知道窮人最需要的不是麵包而已，而是尊嚴。老楊當義工時的態度，無非是要使窮人感到有尊嚴。自從老楊開始侍奉窮人以後，他自掏腰包改善了很多設備。老人吃飯的碗換成了比較好看的瓷碗，是淡藍色的，茶具也換了。最使老人感到高興的是新的床

單和被套。

我們通常會說我們應該同情窮人，要對窮人有慈悲心。老楊顯然在告訴我們，我們該尊敬窮人，因為他們最缺乏的就是別人對他的尊敬。這種想法，來自一個數字：六十八。老楊常常強調數據的重要性，他是對的，因為這個數字改變了他的一生。

（二〇〇七年八月九日／聯合副刊）

我不知道

他永遠是個醜小鴨，
因爲他知道他其實對很多事情是弄不清楚的。
所以他會毫不猶豫地說：「我不知道」……

我的教書生涯中，碰到了各式各樣的學生，其中兩位比較特別。張同學是資優班出身，從小就聰明得不得了，任何學問一學就會，念建中的時候，已經會自己寫編譯器；而陳同學沒有這麼厲害，事實上他來自一所比較不有名的中學。

因為張同學戴著資優生的光環，他必須隨時隨地要別人知道他是很厲害的，你無論問他什麼問題，他差不多都會回答，我這一輩子就沒有聽他回答說他不知道答案的。陳同學正好相反，他很少講話，而且他對問題的回答往往令人失望：他會說我不知道。不僅如此，他也特別會在課後來問問題，每次問題都是相當基本的，但這些問題都往往使教授們一時答不出來，必須回家想一想才能回答。陳同學很少問問題。如果問，一定是非常艱難的問題。

他們都拿到了博士。張同學因為在校內成績特別好而得到了美國大學的獎學金，一帆風順拿到了博士學位。畢業以後，他雖然未能得到美國頂

尖大學的教職，但也在一所中等的大學教書。但是，不知何故，他的教書生涯並不如他的求學生涯如此順利，他的升等也曾遭遇一些麻煩。而且他的研究始終未能特別傑出。對他而言，這實在很嚴重。有一陣子，他得到了憂鬱症。還好他的太太對他非常好，他又及時地接受了宗教信仰，情形才穩定下來。他在美國是生存了下來，但是也只是生存而已，談不上有什麼好的成就。

陳同學正好相反，他在台灣念博士班。拿到了博士以後，也是進入一所中等的大學。沒有想到的是他一直在研究上大放異彩。得到了好多重要的獎項，大家都喜歡聽他的學術演講，他的國際聲望也直線上升。有好幾次，他是國際著名學術研討會的主題演講人，也應邀成為好幾個重要學術期刊的編輯。

我是陳同學的博士論文指導教授，他有如此的聲望，我當然也沾了光。有時我覺得我實在應該好好感激這位高足。前些日子，我和好友洪教

授談起我們這位著名的高足，不禁有點好奇，不懂他為何忽然變得如此傑出。我們兩個老頭子，都快退休了。平時飽食終日，無所事事。所以有一天，我們決定輕裝簡從，到陳同學教書的地方去找他。

陳同學教書的地方好遠，可是校園極大，附近好多風景區，我們摸進了學校，也摸進了陳教授上課的教室，我們悄悄走進了教室，當然引起了一陣騷動，每一位同學都回過頭來看我們這兩位老頭子。陳教授趕快告訴大家，說我們是他的老師，因此是同學們的太老師，他叫同學不要回頭看，應該乖乖地聽他講課。

陳教授講什麼，我們一個字也聽不懂，好不容易挨到下課，以為可以和陳同學話舊了。卻又碰到三位不識相的學生來問問題。前兩位陳教授回答得很順利。第三位的問題卻出乎陳教授的意料之外，他

的回答又快又簡單，他說：「我不知道」，他當時的表情是我非常熟悉的一副困惑的表情。問問題的同學，對於「我不知道」這個回答絲毫不感到失望。他反而顯得非常高興，滿臉興奮，離去的時候還在吹口哨。

中午，我們的高足請我們兩位恩師吃午飯，大家聊得很快樂。回家的時候，有一位同學要搭便車，這位同學就是那位問了陳教授無法回答的問題的人，他是陳教授的博士班學生。他講了好多我們高足的故事。

他說陳教授每次回答：「我不知道」，同學們就會很高興，因為只要陳教授說他不知道，他一定要設法找一個答案，而由於陳教授一定要徹底找到答案，他們知道他們這個研究群又找到了一座金礦，通常他們一定會有很好的研究題目，也會做出很好的研究結果來。難怪每次陳教授說：「我不知道」，研究生就很快樂。

那位同學還告訴我們陳教授的另一特色，陳教授是一位非常徹底的人。很多教授會引用一個定理，但懶得弄清楚這個定理是如何證明的。陳教授則不然，他一定將這個定理的來龍去脈弄得一清二楚。如果有一點小問題仍使陳教授困惑，他會和其他教授與同學討論，直到他完全弄懂為止。所以當陳教授說我不知道的時候，也許他已懂了百分之九十九，因為他仍然對一些細節不清楚，他就不會說他已懂了。陳教授雖然平時對學生很和善，但是不能容忍學生沒有搞懂就說已經懂了。如果有同學想蒙混過關，而最終被陳教授發現，都會被罵。陳教授常常提醒學生，不懂某一點沒有關係，不懂而又裝懂，最不可原諒。

我們一直好奇，為什麼陳教授能成為飽學之士？其實這完全是因為他天生就是一個謙虛的人，他承認他的無知，但是又肯做學問，一開始，他的確是醜小鴨，但是謙虛和他的認真，使他成為天鵝。我們都知道我們的這位高足不是最聰明的人。直到現在，大家都說他學問好，但是從來沒有人說他「聰明」。

也就因為陳教授知道他自己不聰明，所以他一天到晚請教別人，很多

教授都有和陳教授討論的經驗。而陳教授最特殊的一點是，他常常請教研究生，有一次，陳教授在電話中和一位南部的研究生談了很久，仍然不得要領，最後，陳教授只好親自開車去找那位研究生，總算將問題弄明白了，一直到現在，那位研究生仍有受寵若驚的感覺。

我的同事有一天在校內接待一批來校訪問的資優學生，中午吃飯的時候，同事和一位資優生聊天，發現有一位資優生老是搶著回答問題，我的同事問他時間何時開始的，他有一套說法；同事問他宇宙是什麼樣子呢，他當然也知道，照他講，宇宙有點像一個甜甜圈，但好像是個無邊無際的甜甜圈。同事又問他宇宙以外是什麼，他也有一套說法。最後我的同事說他本人完全不懂這些答案。那位聰明的資優學生表示有點吃驚。因為他早就知道這些答案了，為何一位老教授反而不懂。

我的同學恨不得告訴那些資優生，要成功必須先承認自己是個醜小鴨，可是這怎麼可能呢？人家已經是公認的天鵝了。

故事68 Story

今天早上，我得知我的高足陳教授又得了一個獎項，像他這種人，既不太聰明，卻有如此好的成就，真是特別。看來學術界比他聰明的人多的是，為什麼沒有人比得過他?答案是：陳教授雖然已是公認的天鵝，他卻一點感覺也沒有，對他來說，他永遠是個醜小鴨，因為他知道他其實對很多事情是弄不清楚的。所以他會毫不猶豫地說：「我不知道」。對很多學者來說，這句話是不太容易說出來的。我們都要以天鵝的姿態在公眾面前出現，可是觀眾心知肚明，他們知道我們不是天鵝，

只是不好意思講出來而已。

（二〇〇七年七月三十日／聯合副刊）

太陽下山，回頭看

太陽將光和熱帶給了世界，
但是太陽下山以後，
仍然有一些小燈，
用他們微弱的力量，帶給世界光和熱。

前些日子，我去了敘利亞南部，因為那裡有一個小村落，村落裡仍然講阿拉美語，這是耶穌在世時所用的語言，我相信這裡一定可以找到一些與耶穌有關的事蹟。

果真，我在一座小教堂裡發現他們的彌撒用阿拉美語，我雖然不懂阿拉美語，但我知道彌撒是怎麼一回事，所以我可以知道現在在唸什麼經文，當神父唸天主經的時候，我幾乎感動得流下淚來，因為我知道耶穌當年就是這樣唸的。

我望彌撒的教堂非常小，石頭砌起來的，在一個偏遠的山谷裡，四周只有幾家人家，但是他們自稱這是歷史上最古的基督教堂，這座教堂有一個很好聽的名字，叫做「小燈教堂」，為什麼叫做小燈教堂呢？神父說不出來，但是二千年來，這座教堂晚上必定點一盞燈，現在是用電燈了，過去用的是油燈，可以想見這座教堂必須有人過幾小時就要去添油，因為燈是要亮一整夜的。為什麼要整夜點一盞小燈，神父又不知道，他說過這是

世世代代傳下來的傳統。

我在教堂裡四處張望，發現了一幅壁畫，這幅壁畫中，耶穌背著十字架往前走，有一個小男孩淚流滿面地拉著耶穌的衣服，他們好像在對話。畫的下面有兩行字，我當然看不懂這些字的意義。教堂的神父替我翻譯了過來。原來這兩行字是小男孩和耶穌的對話。

小男孩說：「耶穌不要走，你走了以後，誰會照顧我們窮小孩子？」耶穌說：「太陽下山的時候，回頭看！」

小男孩的問句，我可以明瞭，但耶穌的回答卻使我困惑不已。我當時的感覺是，耶穌的回答是答非所問。

我問神父，這是什麼意思，他也不懂，但是他相信這一定是有意義的，所以這幅壁畫就永遠地被保存了下來。過幾年，他們總要修補一下。

我走出教堂，仍然想著這句話的意義。想來想去，想不通。天色已經昏暗，太陽快下山了。教堂建在一座小山上，山的一邊面對著海，一邊是一個很美，但很荒涼的山谷。我有了一個衝動，要到山頂上去看日落，因為山不高，我一下子就走到了，也看到了太陽在海平面上慢慢消失的景象，當時我忽然有點害怕，因為我發現我是在一個非常荒涼的地方，天黑了，我會不會完全迷路呢？

我想起了耶穌的話，「太陽下山的時候，回頭看。」我回過頭去，發現山谷中雖然沒有很多人家，但是家家戶戶都點起了燈，那所小燈教堂的燈也亮了。

我不害怕了。雖然太陽已經下山，有這些人點燈，我就安全了。太陽將光和熱帶給了世界，但是太陽下山以後，仍然有

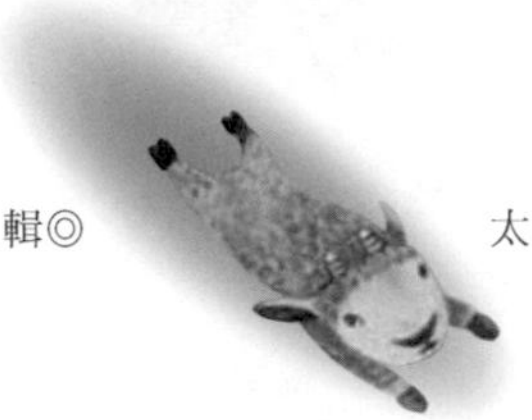

一些小燈，用他們微弱的力量，帶給世界光和熱。

我終於懂了，耶穌在安慰這個窮小孩子，他可以放心，世界上一定會有一些善良的人，會繼續做耶穌在世時所做的事：使這個世界有一些光明，有一些熱。那位壁畫中的小男孩一定也有同樣的頓悟的，雖然他是一個沒有受過什麼教育的人，他一定做了一個好人，盡量地幫助他周遭的人。他也一定四處勸告朋友，大家都要像一盞燈，無論燈光如何微弱，很多人都會靠這一盞小燈生活的。也許這一座小燈教堂就是他造的。

我離開了敘利亞，我不會忘記小燈教堂的，我們都應該扮演小燈的角色，至少要使我們周遭的人不再害怕黑暗，不再感到寒冷。

（二〇〇七年十二月二十七日／聯合副刊）

蘋果

他將蘋果向張爺爺丟了過去。
這是一個很普通的動作，
任何一個小男孩都會向他爺爺做的動作，
沒想到，張爺爺忽然臉色大變，
一副驚慌失措的表情……

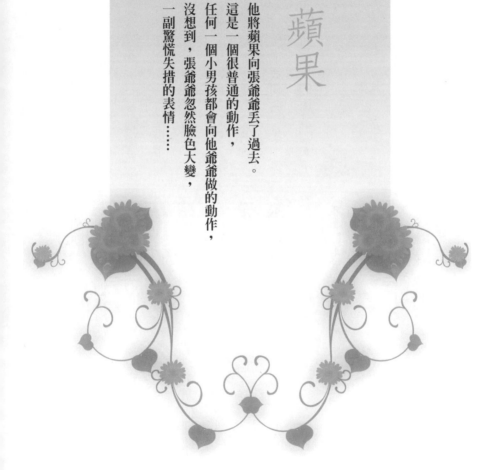

張爺爺是我們全家的最愛，他是我同事老張的爸爸。我們之所以喜歡張爺爺，是因為他住在鄉下，而且有一個很大的園子，小孩子喜歡去，可以在那個大園子裡玩。

張爺爺的園子裡有一棵好大的蘋果樹，每年蘋果樹會開花，在一個大園子裡看一株開滿白花的大樹，誰都會喜歡。因此老張在每年蘋果樹開花的時候，會邀請我們全家去賞花。當然囉！等到蘋果成熟時，老張會再找我們去一次。張爺爺的蘋果是不賣的，我們要多少，就拿多少。每次去了回來，辦公室的人都可以拿到好多美味的蘋果。

上一次蘋果成熟季，我們又去張爺爺的家了。大人在採蘋果，小孩子互相追逐，瘋成一團，張爺爺坐在園子裡的一張椅子上，看著我們，顯得很高興。老張的小兒子那個時候很喜歡打壘球，他拿了一顆大蘋果，忽然將蘋果想成了壘球，好大聲地叫了一聲：「爺爺，看球！」然後將蘋果向張爺爺丟了過去。這是一個很普通的動作，任何一個小男孩都會向他爺爺做的動作，沒想到，張爺爺忽然臉色大變，一副驚慌失措的表情。他好像很想躲避那顆蘋果，但他老了，動作已不敏捷，躲也躲不掉，竟然昏了過去。

張爺爺很快就醒了過來，他一再安慰那闖禍的孫子，這個頑童看到爺爺昏了過去，嚇得大哭。張爺爺看到大家慌作一團，感到很不好意思，張奶奶倒了一杯熱茶給他，他叫大家坐下來，聽他講故事。

張爺爺說他是農家出身，抗戰勝利後，國民政府又開始了剿匪的戰爭，需要很多兵力。張爺爺就是在田裡做工的時候，被路過的軍人抓去當兵的。沒有多久，他的部隊打敗了，他搖身一變，變成了人民解放軍。他發現人民解放軍待遇不錯，而且也不打仗了，反而日子很好過。

沒有想到的是，韓戰爆發了，整個大陸忽然多了一個口號叫做「抗美援朝」，抗美當然是指打倒美國帝國主義，援朝是指援助朝鮮。毛澤東要派兵進入韓國，但他不願以政府的名義派兵過去，於是一夜之間，張爺爺的部隊就變成了志願軍，越過邊境到了韓國。

進入韓國以前，張爺爺的部隊給了每位志願兵三天的乾糧，也警告他們要省著吃，不到餓得吃不消，絕對不要吃，暗示他們，志願部隊是沒有什麼補給的。張爺爺進入韓國，不到一周，乾糧就一點都不剩了，這些志願軍在田裡看到任何能吃的東西就吃，地瓜是大家吃得最多的，至於水，就喝河水。

有一天，張爺爺和幾位弟兄在一座村莊看到了一戶農舍，農舍裡只有一位中年農婦。他們比手劃腳地向她要點東西吃，那位農婦終於搞懂了，她領大家去一大片蘋果園，樹上全是蘋果，這些餓得發昏的志願兵大吃蘋果。這個消息傳開以後，蘋果樹上一粒蘋果都不剩了。

一直到現在，張爺爺都對那位婦人有說不完的內疚，他說她一定是靠那些蘋果維生的。現在大家吃光了她的蘋果，她怎麼辦呢？其實，他又想，只要她能在那場戰爭中活過來，大概就可以繼續活下去。問題是：這

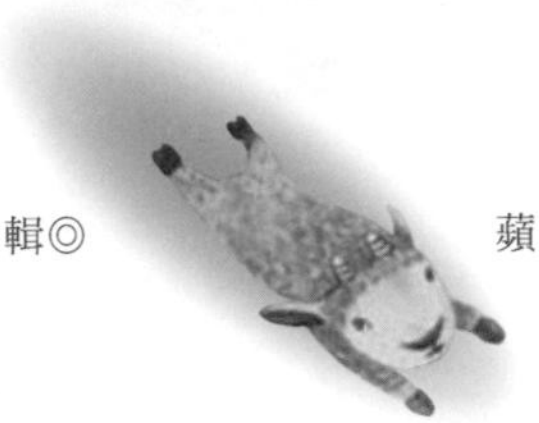

位心地善良的救命恩人能活過這場慘烈的戰爭嗎？

張爺爺講到這裡，忽然問我們一個問題：你們有沒有在電影上看過阿兵哥吃東西的鏡頭？我們誰都看過外國的戰爭電影，習慣於那些勇士們如何的英勇，但的確沒有看過小兵吃飯。經過張爺爺的一番話，我忽然想起來，打起仗來，補給當然是送不到最前線的，看來，與其說「英勇」的士兵，還不如說「飢餓」的士兵來得

貼切。

也就是因為那些蘋果救了張爺爺一條命，他親自在他的園子裡種了那棵蘋果樹。

為什麼張爺爺怕那顆丟過來的蘋果呢？話說戰爭進行到最後，終於有一天，張爺爺的部隊和對方短兵相接。張爺爺有一個親如手足的弟兄，就在那最後一場戰鬥中，張爺爺忽然聽到一聲悽慘的叫聲，是他的好朋友叫的，張爺爺發現他血流滿面，而且顯然地，他的眼睛瞎掉了。當時砲火非常熾烈，張爺爺絲毫不能分身去救他。說時遲，那時快，一只手榴彈遠遠地向他們飛來，大家都看到了手榴彈的到來，唯有他的好朋友沒有。他站著，其他人都已躲進了壕溝，結果可想而知。他的好朋友被炸成了好幾片，尤其可怕的是，他的一條手臂落到了張爺爺的身邊。

我們都聽懂了，對張爺爺而言，手榴彈當然是世界上最可怕的東西。他孫子丟過來的是一顆蘋果，可是這使張爺爺想起了手榴彈，難怪他昏倒了。

張爺爺告訴我們，他很快變成美軍俘虜。李承晚總統突然釋俘的舉止，使得張爺爺又變成了反共義士，來到台灣，因為他已受過傷，很快就退伍，做了一所小學的工友。結了婚，孩子也爭氣，只是有時免不了會回想起往事。前年，他和張奶奶回到東北去遊玩，曾經走到了中國大陸和北韓的交界處，可是無法進去。如果他能進去的話，很想進去看看那座蘋果園，更想向那位救命恩人表示謝意。

有一天，老張告訴我，他父親去世了，顯然是心臟病突發，可以說沒有經歷什麼痛苦。但老張有點納悶，為什麼身體一直很健朗的父親，會突然去世呢？

我問他張爺爺過世前在做什麼，他說他吃過了早餐，在一張沙發上看報。我問他去世的日子是哪一天，老張告訴了我。我和老張一起到附近的圖書館找當天的報紙來看。

我們找到答案了。張爺爺去世的那一天，所有報紙的頭條新聞都是同樣的：北韓試爆核彈。對於我們台灣絕大多數人而言，這則新聞並沒有太大的意義。可是對於張爺爺，他感覺到北韓可能要打仗了。如果戰爭發生，他知道北韓的那些善良的老百姓又要陷入水深火熱之中，張爺爺的心臟受不了這個大打擊的。

我和老張都沒有打過仗，我們總以為戰爭結束了，人們就可以走出戰爭的陰影。但是，張爺爺看來始終沒能甩掉韓戰陰影。沒有想到，他竟

然仍是死於韓戰。

（二〇〇七年三月八日／聯合副刊）

我日用糧

老張在吃飯的時候，注意到牆上掛了一張標語，
「請給我們我日用糧」，
老張的老毛病又發了，他問我這是什麼意思，
我說這是耶穌親自寫的祈禱文。
這下老張的問題就更多了……

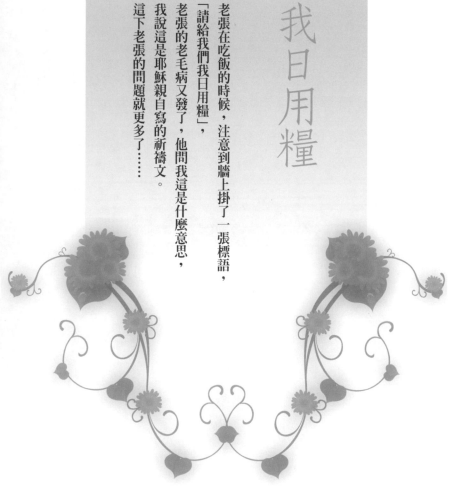

我的老同學老張是一位非常能幹的人，在矽谷他算是很有成就的了，每次我去美國，一定會去找他，他也常常帶我去他的俱樂部吃飯，對我來說，吃這種飯，真是受罪。首先，我必須穿西裝，打領帶。然後必須吃那種毫無味道的洋餐，我最怕吃血淋淋的牛排。在那些講究的餐廳裡吃的牛排，每塊又都奇大無比，我吃了一半，已經飽了，而且肉已經冷掉了。可是老張好像習以為常，無論多大的牛排都可以吃掉。

老張住的房子並不大，可是據說是在矽谷的好地段，他家在一個小山上，坐在客廳裡，不僅可以看到一個山谷，還可以看到一個湖，湖邊是一個綠草如茵的高爾夫球場，到了黃昏的時候，坐在老張的客廳裡，從大玻璃窗看出去，簡直舒服得難以想像。

我有時會埋怨為什麼我們不去一個小館子吃碗麵，老張的理由是他已經付了俱樂部的月費，不去白不去，而且小館子附近又沒有停車場。其實這些都是藉口，老張已經習慣了奢侈的生活，你叫他去小館子人擠人，他

受不了的。

老張之所以能在事業上如此成功，當然有其原因，我認為他最大的優點是好問。每次見到我，必定問我好多問題。比方說，他會問台灣的某某公司最近狀況如何，某某公司為何如此賺錢？為何某某公司最近好像一直在走下坡？老張不僅對企業的發展有興趣，他對新的技術，甚至古老的歷史、文字等等，都喜歡問。而且他的問題常常很難回答。

但是老張畢竟老了，有一次，他因為工作壓力太大而大病一場。醫生勸他休息。他決定退休，反正他錢多得不得了，早就可以

退休了。

我又出差到美國了，這次老張和我從聖荷西坐上火車去舊金山玩，在舊金山四處亂逛，一路上不用找停車位，忽然發現舊金山的街景多美，而且多適合我們散步。我們走了一陣，發現中午到了，開始找飯館吃飯。走著走著，看到一座天主教堂門口掛了一個牌子，牌子上寫了「湯與麵包」。老張好奇心又來了，進去以後才知道這個餐廳專門供應湯、麵包和水果給街上的流浪漢吃。湯是肉湯，裡面也有相當多的蔬菜，熱騰騰的，水果當然是普通的水果，但也是新鮮的，麵包就不一樣了；全是才剛烤出爐的法國麵包和俄國黑麥大麵包，香味撲鼻而來。我和老張都想坐下來吃它一頓。

管事的修士主動邀請我們進去，他說我們也可以吃，流浪漢當然不用付錢，我們不是流浪漢，吃了以後，希望捐一點即可。老張二話不說，立刻拿出幾十元美金作為捐助，我們就坐下吃湯與麵包了。吃到一半，那位修士拿出一個小喇叭，吹奏了兩首歌，第一首歌是美國人都熟悉的〈當聖徒來的時候〉。這首歌有點爵士風味，用小喇叭吹奏，特別有勁，聽得我們十分陶醉。吃完以後，我們兩人都發現，有肉湯、麵包和水果可吃，我們已很滿足了。

老張在吃飯的時候，注意到牆上掛了一張標語，「請給我們我日用糧」，老張的老毛病又發了，他問我這是什麼意思，我說這是耶穌親自寫的祈禱文。這下老張的問題就更多了，他問我耶穌講什麼語言，我告訴他耶穌所用的語言叫做「阿拉美語」，是中東地區的一種土話，至今敘利亞南部的一些小村莊裡仍有人講這種話，而且他們都是基督徒，念這段祈禱文的時候仍用阿拉美語。

老張對這篇祈禱文大感興趣，問了一大堆問題，我有的也答不出來。尤其使我不知如何回答的是為什麼耶穌在祈禱文中用了「日」（英文是daily）這個字，我說我實在弄不清楚。在我看來，我們每天都要吃飯，所以耶穌就用了「日」這個字，表示每天的意思，沒有什麼特別。我當時的感覺是老張真太喜歡亂問一通了。

這是兩年以前的事。前天，我收到老張的信，才知道老張已經回台灣定居了。他的新居在苗栗，我立刻去找他，發現他的新居和他在矽谷的家簡直有天壤之別，新家是一間公寓，大約只有三十坪左右，裡面的陳設倒是很舒服，但是毫無氣派。客廳沒有落地大玻璃窗，也看不到什麼湖和高爾夫球場。

老張太太燒了雪菜肉絲麵給我們吃，還有一些小菜。我是滿心歡喜，因為我想起了當年他請我吃的牛排大餐，餘悸猶在。吃完飯，老張忽然又洋派了起來，請我喝了一杯咖啡，他的咖啡機倒是很講究，好像這是他唯一講究的東西。

我忍不住問老張為什麼決定回台灣過如此「簡樸」的生活，老張告訴我全是因為「我日用糧」的原因。他對「日」字困惑不已，最後又去那間天主教堂吃飯，飯吃完，他問那位修士為什麼耶穌會用「日」這個字。那位修士二話不說，拉他進入一間辦公室，打開電腦，找到了一個投影片檔案，這個檔案的名稱是「我們沒有我日用糧」，裡面每一張投影片都是世界上飢餓的人骨瘦如柴的照片。尤其令老張難過的是孩子因為飢餓而大肚子的照片，他只看了一半，就看不下去了。

但他說他立刻瞭解耶穌說「我日用糧」的意義，這句話是指我們不應該向上天祈求過多的東西，只要求得每天所需要的食糧就夠了，因為這個世界上有太多的人不得溫飽。對於老張來講，「我日用糧」中間的「日」字意義非常深遠，當基督徒念這句祈禱文的時候，應該同時想起那位修士給他看的話：「我們沒有我日用糧」。

老張發現自己有了太多用不完的錢，他的孩子也都爭氣，個個有好的職業，因此他賣掉了在矽谷的房子，其實他在美國其他州也有房子，這一概都變成了現金，他留下一小部分，其他全部捐給了窮人，他告訴我他只需要「我日用糧」。

我常常被老張問倒，現在，我要反攻了。我問他，如果你早就知道「我日用糧」的意義，難道你會只拿微薄的薪水嗎？我知道老張一輩子薪水都極高，叫他只拿低薪，乃是不可能的事，所以故意找他的麻煩，看他如何回答。老張說薪水高，代表能力強，拿高薪，並無不對。但他認為人賺了很多錢以後，世人已經知道他很厲害，他又何必死抱著財富不放呢？他大可將他賺來的錢捐給窮人，自己只要能過溫飽的生活，就可以了。他

就覺得他當年幸虧賺了好多錢，高薪多多少少滿足了他的虛榮心，事後可以使很多窮人受惠，一舉兩得也。

今天，我早上去望彌撒，當我念到「請你賞給我們日用的食糧」的時候，想起了老張。世界上，總有數以億計的基督徒每天都很熟悉「我日用糧」這個名詞，可是有誰像老張那樣地能解釋這個名詞的深沉意義呢？我敢說，我們其實早已豐衣足食了，所以我們祈求的絕對不是我們每天所需要的食糧而已，我們更懶得想有人根本沒有日用的食糧。

（二〇〇七年九月十五日／聯合副刊）

類比線路專家

我終於瞭解了，
園區好多工程師喜歡親自去請教那位專家，
而不用電子郵件、傳眞或是電話，
不只是因爲那家雜貨店是他們的避風港……

貨店
8

我在前幾年開始教類比線路，教這門課可說是吃足苦頭，因為我們不能找一本教科書來教，絕大多數這類教科書沒有詳細的線路圖，但偏偏類比線路的每一個小節都很重要，我常發現線路不對，經過多方改進，仍然不奏效，往往徹夜難眠。

後來，經過我的多方打聽，終於找到了一位類比線路的專家，大家都叫他「類比先生」，也有人稱他為「類比麻煩終結者」，只要有了類比線路的問題，去問他，他都願意幫忙，而且一定能解決問題。

自從知道這位專家的存在，我心情好得多了。當然仍然去壓迫高足們努力克服困難，實在逼不得已，到了一群高足束手無策的時候，我們一定會去問這位專家。他永遠不厭其煩地告訴我們一些祕訣。他使我對於那些厚厚的教科書失去了敬畏之情，因為那些教科書的作者只知道打高空，對於實際線路大概是一無所知。

我請教專家已有數年之久，大多數，都是在電話中請教的，他的三言兩語就使我茅塞頓開，我也用過傳真機和電子郵件。雖然多次接觸，卻始終沒有見過面。我有一位博士班學生，曾經和他見過好多次面。

我決定要親自去謝謝他，我買了一些好的茶葉，由我的那位博士班學生開車，從埔里到新竹去，到了新竹，車子往右轉，我想大概要進入科學園區了，可是車子過門而不入，繼續往東開下去，我想大概要去工研院了，沒有想到又是過門不入，我們一路開往竹東，而且過了竹東，一口氣到了一個叫作橫山的村落，不僅如此，我們的車子經由一條產業道路一直向深山開進去。說實話，我早已弄不清楚我到了什麼地方，從車窗看出去，全是青山綠水，住家極少。我也納悶，怎麼這位專家住在這麼偏遠的地方，車子忽然停在一家雜貨店門口，鄉下是沒有什麼摩登的便利商店的，這種雜貨店就扮演了當地居民便利商店的角色。我想我的學生一定是口渴了，要進去買飲料，所以我在學生走出車子的時候，仍然好端端坐在車子裡。同學趕緊告訴我，專家就是這家雜貨店的老闆。

雖然雜貨店是台灣鄉下到處可見的典型雜貨店，它的老闆並不像典型雜貨店的老闆，當我們走進雜貨店時聽到的音樂，就很特別。後來我才知道老闆在聽「祕密花園」這套唱片。在幽靜的鄉下，放這種音樂最恰當了。

老闆熱忱地招待我們，他的客廳就在店的後面。我們就在那間布置得很優雅的客廳裡聊了起來，他說他一直喜歡設計類比線路，可是，自從台灣開始電腦熱以後，大家就熱中於數位線路，人人口中都是「數位化」。他知道數位線路也一定要被轉換成類比線路的，可是大夥兒不理他，認為他的那一套已經越來越不重要。他就在這種情況下退休了。

沒有想到，台灣又進入了通訊時代，他的那一行又吃香了起來，放大器、振盪器、調變器、相位偵測器、頻率合成器等等，都是通訊工業中不可或缺的基本元件，這些菜鳥工程師（當然也包括我這位菜鳥教授）都紛紛來求他幫忙。所以他現在忽然又變成紅人了。當年他工作的公司要他回

去，他不肯，因為他已不習慣住在城裡了。

說著說著，他又有訪客了。我偷聽了一下他們的談話，顯然那位菜鳥工程師花了九牛二虎之力做出了一個相位鎖定迴路的線路，可是鎖住所需的時間太長，被上司罵，只好趕來求救。這個問題不簡單，我們的專家建議他修改某些地方，而且立刻用電腦來模擬，果真時間縮短了。那位工程師露出笑容，一副小人得志的樣子離開，上車的時候還在吹口哨。我其實也才做成了一個這種線路，我們作教授的，能夠做出這種線路已經是偉大無比，無須注意究竟要花多少時間來鎖住。

這位專家和我們大談他設計類比線路的經驗，忽然我們聽到了店裡有小男孩的聲

音，原來來了兩個小男孩，他們大剌剌地在一張小桌子旁坐下，然後從書包裡拿作業簿出來寫作業。一面寫作業，一面打鬧。我們的專家出去叫他們不要鬧，講話也要輕一點，同時給了他們一人一罐鋁箔包的牛奶。

專家知道我們都奇怪他為什麼要經營這樣一家沒有什麼生意的雜貨店，而且還要照料小孩念書，就主動告訴我們了。他說他小的時候就住在附近，當時照顧這家雜貨店的是一位慈祥的老婆婆，他有事沒事就來雜貨店玩，老婆婆有個孫子，是新竹高中的學生，他有功課不懂的地方，老婆婆會叫她的孫子教他。他有好幾次成績單不能見人的經驗，老婆婆都陪著他回家，如此才不會被父親揍。對當時的他而言，雜貨店就是一個避風港。這裡，只有溫暖，沒有風雨。

退休以後，他發現老婆婆已經過世，她的後人對經營這個雜貨店毫無興趣，因為當地的人口越來越少，雜貨店的利潤一個月只有二、三千元。老婆婆的後代想將店關掉，這位專家卻將它買了下來，他當然不在乎利潤，他只有一個想法，他要讓這個雜貨店繼續扮演避風港的角色。沒有想到的是，他自己變成了家教，那些頑童不僅來找他聊天和訴苦，也趁機問他數學和英文。這兩位頑童已養成習慣，放學以後，一定會來將作業做完才回家。他們的家長都是鄉下人，無法幫他們做作業，現在有了一位爺爺般的大好人幫孩子的忙，都對他感謝不已。不時送些新鮮的水果和蔬菜給他，他幾乎吃不完。

離開了專家，我和我的學生到新竹科學園區的一家餐廳吃晚飯。走出車子，發現風好大，冷得不得了，而且還夾帶著細雨。我的學生問我：為什麼在橫山，都沒有感到冷風冷雨？我終於瞭解了，園區好多工程師喜歡親自去請教那位專家，而不用電子郵件、傳真或是電話，不只是因為那家雜貨店是他們的避風港，更因為那裡只有溫暖，沒有冷風冷雨。

（二〇〇七年六月五日／聯合副刊）

深夜訪客

故事68 Story

我的好友陳教授是一位非常傑出的學者，在過去的幾年內，他一直在研究一種新的材料，這種材料並不是他發明的，但是在過去要製造這種材料，成本極高，在工程上來講，這是沒有意義的，陳教授一直在製造程序上下工夫，據我所知，他已經有了很大的突破，前些日子，他在準備資料，因為他要在一個國際會議上公布他的方法。

陳教授住在鄉下，很偏僻的地方，他孩子已經大了，不和他們住。前些日子，他太太被兒子找去帶初生的小孫子，家裡只剩下他一個人，他雖然有些

寂寞，但也使他晚上可以有時間一個人埋頭苦思準備演講，他的演講是主題演講，演講稿當然是沒有人審查的，誰也不知道他要講什麼。

因為陳教授住在鄉下，免不了要養一條狗來看看家，這是一條大狼犬，狼犬好像特別會看家，只要外面有些風吹草動，他就會叫，鄉下有時會有小動物走動，這條狗也會叫。

有一天，陳教授來找我，他說他感到有些煩惱，因為過去幾天內，老是有人來找他，這位陌生人不肯透露他是誰，但他顯然對陳教授的研究知道得一清二楚，他來的目的只有一個，他勸陳教授不要公布新材料製造的細節，細節留著申請專利，將來不妨開一家公司，一定會大賺其錢。

我覺得那位深夜訪客說得也有幾分道理，為什麼陳教授會煩惱呢？回答是他身為教授，就應該永遠將知識傳授世界上所有的人，如果他開公司，他就必須留幾個絕招，不告訴別人，他認為如果人人都如此，人類的科學是不會有什麼重大進展的，所以他一再告訴這位夜行人，他雖然也喜歡賺點錢，但他更希望很多人都知道他的想法，他相信只要有更多人根據他的想法而努力，一定會有更好的方法的。

我問陳教授有沒有很清楚地告訴對方他的想法，他說他每次都講了，每次都沒有用，這位先生在過去一周內每天都來，每次都在深夜，陳先生也好奇，為什麼他總是在夜深人靜的時候來。奇怪的是，這位先生衣著整齊，溫文爾雅，完全不像壞人，最令陳教授百思不解的是，這位訪客並沒有要和陳教授合夥開公司，他好像一切都是為了陳教授好。

陳教授的問題似乎很嚴重，因為這樣下去，他會感到困惑，也感到不安。我其實感到陳教授雖然口頭說他不贊成那位陌生人的想法，內心卻有些掙扎。這種掙扎，對任何教授都是極為不好的。

我知道陳教授一定想知道那位先生是誰，我告訴他我有些調查局的朋友，他們一定幫得上忙。陳教授一輩子沒有和調查局的人打過交道，但事已如此，只好聽我安排，找一位調查局的幹員幫忙。

我們一齊去拜訪那位我認識的幹員，他聽了整個故事以後，第一個問題就是：那位先生深夜至鄉下去看你，他的汽車是什麼樣子的？陳教授楞住了，他說他沒有注意這點，但回想起來，他沒有聽到汽車的聲音，也沒有看到汽車的燈光。他有點沮喪，因為他連這麼重要的事情都沒有注意到。

那幹員又問他，他家在鄉下，有沒有養狗，他說他養了一條大狼狗，幹員問他，每次深夜，狗在屋內還是屋外，他說那條大狼狗其實是很黏人的，牠一直睡在陳教授的書桌旁邊。幹員又問他，訪客來的時候，狗有沒有叫？陳教授說狗自始至終都沒有叫，牠一直在旁邊睡覺。

幹員告訴他，因為訪客是男的，一定當過兵，因此一定有指印檔案，他給陳教授一只乾淨而漂亮的茶杯，告訴他這個茶杯上沒有任何指紋，下一次訪客再來，陳教授可以去廚房倒茶在這個杯子裡，倒的時候務必要小心，不要留下指紋，然後將茶杯放在盤子裡給客人，客人一定會留下指紋。陳教授必須小心地保存這個杯子，然後送回調查站來。

第二天，陳教授和我就將杯子交回了調查站，第三天，幹員說指紋檢驗已有結果，我們立刻趕去了。

幹員告訴了我們一個令我們吃驚的結果，這個杯子上全是陳教授本人的指紋，這位幹員沒有下什麼結論，他只提醒了我們：陳教授沒有看到有車子來，他的狗沒有叫。

陳教授是一位悟性很高的教授，他忽然說他知道是怎麼一回事，他相信以後那位先生不會來了，他一再謝謝幹員。

果真，陳教授變得很輕鬆，他的主題演講也非常令人震驚。演講雖然是在美國舉行的，回國以後，他仍然接受了我們電視台的專訪，節目主持人問了一個問題，「陳教授，你有沒有想到將這個新發明據為己有，不告訴別人，這樣一定可以賺很多錢。」

陳教授笑了起來，他說他又非聖人，當然會有這種私心。尤其在夜深

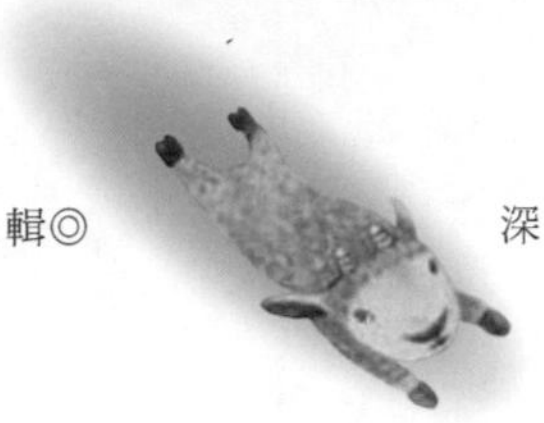

人靜的時候，這種想法就會更加厲害，他有好幾晚都為這種想法困擾不已，虧得他後來下定決心，不要如此自私，他才會坦蕩蕩地將全部製造細節都公布了。

昨天，我忽發奇想，我在晚上十點半，開車去找陳教授，事先我沒有打電話給他，說我要去找他，車子還沒有到，就聽到狗大叫的聲音。陳教授熱情地歡迎我，也倒了一杯茶給我，他說：「我不知道誰來了，但我知道不可能是他。」然後他摸摸那條兇猛的大狼狗說：「你真聰明，知道什麼時候叫，什麼時候不叫。」

（二〇〇八年一月十七日／聯合副刊）

我又晚起了

我算了一下，
他開始有時間充裕的感覺的日子，正是我每天晚起的日子，
他最近沒有這種感覺了，
我也每天六點鐘起床了……

我又晚起了。

老年人都有早起的習慣，年輕人才會賴床，我的孩子就是賴床大王，到了周末不到十二點，是絕對起不來的，我的那些寶貝學生也是如此；到了周末，我如果想打電話去討論學問，對方一定是答非所問。

當年，我還沒有退休，早起乃是好事，因為去上班可以避免交通壅塞。但是，我已退休了，一旦退休，就無須上班，也無處可去上班。早起變成了一件痛苦的事情，因為退休以後，我飽食終日，無所事事，早上六點鐘起床，到門口去散散步，回來以後，拚老命做頓豐盛的早餐，如此可以殺殺時間。吃完早餐，又只好拚命看報紙，從報頭看到報尾。如此弄來弄去，我仍然有的是時間。

好在我找到了一個義工的工作，是教一名高中生，我極為認真，每周去他那裡兩次之多，他當然對我相當感激，我不敢告訴他，我才感激他呢！要不是我有義工可做，我真的要得神經病了。我的學生是高中學生，非常用功，但是他家境不好，必須每周打工三次，每次打工回來還要挑燈夜讀，真是可憐。我曾經勸他不要打工了，由我給他打工的錢，他不肯，因為他認為我義務做他家教，他已感到不安，如果再拿我的錢，將來一定要還，但他如果升學，又一定無法還。如果不還，覺得非常不對。我覺得他講得非常有道理，但又覺得這個世界真是不公平，有人時間多得不得了，用也用不完，有人卻時間老是不夠。

大約兩年以前，我忽然晚起了，本來我是每天早上六點鐘起床的，現在卻每天要睡到八點。有好幾次，我都用早上六點鐘的鬧鐘將自己鬧起來，可是起來以後完全昏頭轉向，必須回去睡。我太太笑我老胡塗了，居然老了還賴床。可是晚起對我一點問題也沒有。反正我已退休，有的是時間。

我的學生很爭氣，他順利考上了大學，這兩年來，我一直替他提心吊膽，因為他每周要去打工三次，我知道一般高中生都不打工的，像他這樣，當然吃很大的虧。他考上了，我和我太太特地請他吃晚飯，也替他送行。吃飯的時候，當然提到了他的時間不夠用的事，他忽然告訴我們一件奇怪的事，他說他一直感到時間不夠，尤其是打工回來，已經很疲倦，仍要打起精神來做功課，實在是吃不消。但是忽然之間，他的問題消失了。他發現他做了好多習題以後，以為一定過了一小時了，沒有想到才過了半小時，也就是說，他每天晚上的時間，好像多了兩小時左右，對他來講，這簡直不可思議，但他一再強調這兩小時是真的，他之所以能考上大學，就是因為他感覺到他每天的時間變多了。

我問他何時開始有這種感覺的，他說大概是兩年以前，我問他現在怎麼樣了，他說他考上大學以後就不再有這種每天時間很充裕的感覺了。

我算了一下，他開始有時間充裕的感覺的日子，正是我每天晚起的日子，他最近沒有這種感覺了，我也每天六點鐘起床了。

想當年，我很想借錢給這位學生，他不肯，是不是有人安排了我每天

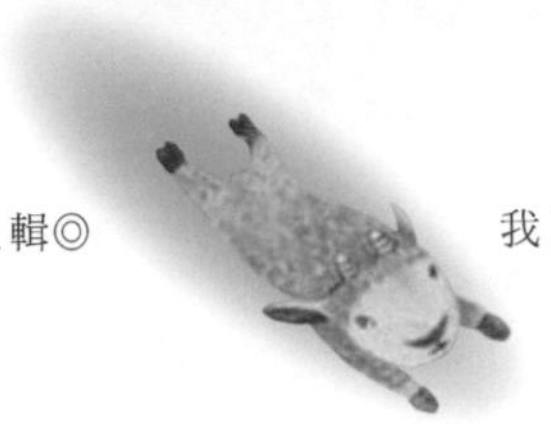

借二小時給他呢？我不知道這個答案，但我知道我不可能「借」時間給他的，因為他永遠不能還我這兩個小時，顯然是有人將我的兩小時轉給了他。我們不是常說：「時間就是金錢。」我有的是時間，一天少兩小時，一點影響都沒有。但是那位學生卻真拿到了他最需要的東西了。

我早起的好日子不長，上星期開始，我又晚起了，這次我知道原因了，我又在教一位高中學生，他又是家境不好而需要打工的那一種，我又同情他，所以我的時間大概又少了。

我一直擔心，退休以後，我就變成老廢物了，對社會毫無貢獻，可是我現在可以很驕傲地告訴友人，我仍能對社會貢獻我的心力，也可以貢獻我的時間，妙哉！

（二〇〇七年二月十日
／聯合副刊）

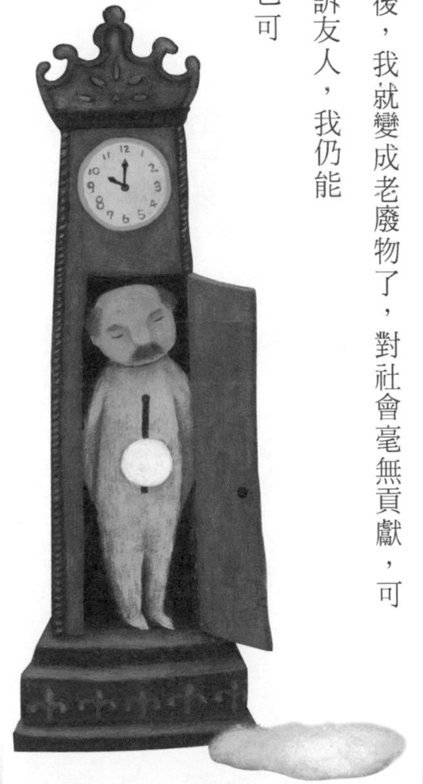

法國菜單

她覺得每一樣菜都很貴，可是她的男朋友卻一副無所謂的樣子，
不但點了主菜，當然還點了飲料和甜點，
他要點紅酒，她拚命阻止。
飯吃完了以後，姜老師感動萬分，
認爲她的男朋友眞是慷慨，也答應了他的求婚。
好久以後，她才知道……

x+Y
=Z

姜老師是我的國中數學老師，很少數學老師是受全班愛戴的，大多數班上總有幾位同學對數學有恐懼症，考試時差不多都要交回白卷，但是姜老師是個例外，她教我們數學長達三年之久，這三年內，全班每個同學都不怕數學，我們的數學當然有好有壞，但是沒有人害怕數學的。在我這一輩子中，就只有姜老師有這個本領。說實在話，我一直好奇，姜老師的祕訣在哪裡？

上星期，姜老師退休了，學校為她舉行了一個茶會，我們過去被她教過的學生都去參加了。大家都抱著一種感恩的心情。因為我們都記得上姜老師數學課的日子，那真是快樂的日子，姜老師老是教我們一些最基本的道理，我們把這些基本道理弄懂了以後，至少會做中等程度的題目，行有餘力以後，我們自己會去找些難題來做做。姜老師也會教一些解難題的竅門，可是這絕不是她教書的重點，她教的重點永遠是基本道理。

茶會開始了不久，就有一位同學首先發問了，他問姜老師，為什麼別

的老師教他數學的時候，他都害怕數學，也痛恨數學，但是姜老師教的時候，他卻一點都不怕數學。他的問題，也是一大票同學想問的問題。

姜老師好像對這個問題有備而來，她沒有立刻回答，卻叫所有的女同學上台，她給每一位女同學一張紙，然後叫我們男生也上台去拿一張，我們拿到的是一張法國菜單，每一樣法國菜都有中文翻譯，旁邊還有價錢，我這個男生看了以後，覺得這些菜不太貴，尤其令我注意到的是咖啡、茶和甜點特別不貴。

然後，姜老師問一位女同學對這份菜單的印象如何，這位女同學說這家法國餐館簡直不像話，不僅主菜貴，連咖啡和茶都貴得離譜，當時我就大感困惑，因為我覺得我看到的菜單一點也不貴。我不是唯一感到困惑的人，幾乎所有的男生都感到困惑，有些同學和別的同學比對，最後還是姜老師叫我們坐下，然後每一位男生和一位女生交換菜單看，看了以後我們知道是怎麼一回事了。我們男生拿到的是一張價格公道的菜單，女生拿到的是一張非常昂貴的菜單，為什麼會有兩種菜單呢？

姜老師告訴我們，當年她的男朋友請她到一家法國餐館去吃飯，她看了菜單以後，覺得每一樣菜都很貴，可是她的男朋友卻一副無所謂的樣子，不但點了主菜，當然還點了飲料和甜點，他要點紅酒，她拚命阻止。飯吃完了以後，姜老師感動萬分，認為她的男朋友真是慷慨，也答應了他的求婚。好久以後，她才知道這家餐館有兩種菜單，男士看到的永遠是價錢公道的菜單，女士看到的卻是非常昂貴的菜單，男士點菜的時候面無難色，女士一定會對男士感激不已。這家餐館除了招來不少客人，也促成了好多的好事。

這些菜單又和姜老師的教書有何關連呢？答案還是由姜老師提供。姜老師要我們回想，我們當年考試的時候有什麼特別的情形。我第一個舉手，我說姜老師常常小考，每次發考卷的時候，都要親自將考卷發給每一位同學，當時我的確對此覺得奇怪。

姜老師終於告訴我她的祕訣了，她說她準備了三份考卷，甲種非常難，乙種中等，丙種非常容易。甲種考卷給程度高的同學，乙種考卷給中等程度的學生，程度不好的同學拿到丙種考卷。這些程度不好的同學每次考試，都拿到至少六十分，對於這些同學來說，六十分已經不容易了。在過去，他們常常在分數上只有個位數，也就是因為他們的分數不錯了，他們開始不再對數學恐懼了，上課的時候，也會注意地聽。通常，到學期結束的時

候，丙種考卷不見了，姜老師只要準備兩種考卷就可以了。

姜老師告訴我們，學生最需要的是自信，而自信的來源當然是自尊。古人說我們必須因材施教，因為政府堅持常態分班，班上總有一些程度不好的同學，她想起那家法國餐廳的作法，決定試做不同的考卷。同學們並不知道，對於程度不好的同學而言，他們終於有了足夠的自尊心，也開始有了自信，一旦有了自信，他們就不會放棄數學了。

茶會結束了以後，我發現坊間有很多書教我們如何建立自信，也有很多的訓練班，我們繳交了很多學費以後，應該就會有自信。我們真是幸運兒，我們沒有看了那些書，也沒有去上過那些昂貴的訓練班，我們有了姜老師，我們就有了自信，如果我們班上那些不會做數學習題的同學，看了那些書，聽了那些課，還是不會做數學習題，他們會有自信嗎？

（二〇〇六年十月二十四日／聯合副刊）

老人得志

我告訴了大家一個驚人的消息，
我在教一些頑皮的男孩子彈鋼琴。
此言一出，舉座嘩然，
大家一致認爲我吹牛吹得太不像話了……

我現在已經是七十歲老翁了，人老了，免不了會想當年。最使我們老頭子懷念的是我們大學才畢業的時候。當時我們個個進入了相當不錯的公司工作，或者到大學教書，不論做什麼工作，可以說人人都意氣風發，對於未來充滿了憧憬。每次同學會，我們免不了稍微吹一下自己在做什麼，而且也頗以自己所做的工作為傲，因為我們認為我們都是很厲害的人，可以對我們的國家社會有所貢獻。當然我們也夢想在自己的事業上有相當程度的成就。現在回想起來真是「小人得志」也。

我們這批台大電機系畢業的小子們的確拚得厲害，所以我們也都做得相當不錯。在大學裡教書的都成為了很有名的教授，很多位得到了各種榮譽。在工業界擔任工程師的同學也紛紛在技術上常有突破，替公司爭取到不少專利，也有好幾位升到總經理，雖然弄不清楚技術的細節，但總能掌握技術的關鍵性質，使公司能發展出有高附加價值的產品。同學中也有做大老闆的，他們大多數越來越有錢，一開始，每年有幾百萬的收入，已經

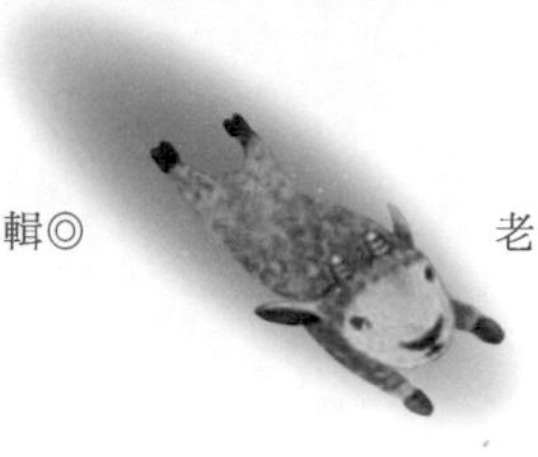

令我們羨慕不已，到後來，他們年收入個個都近億，我們卻又沒有什麼感覺了。

有一位同學，他在三十幾歲就已是教授，做了系主任，大家都叫他請客，不久，他就成了工學院院長，然後是教務長，最後做成了大學校長，奇怪的是：我們對他做成校長並沒有太興奮，好像是理所當然的事。我們想，如果他做不成那才是新聞呢。

五十幾歲以後，我們反而變得意氣消沉了，大概是因為我們的事業已經到了最高峰，沒有什麼了不起的事情了，舉例來說，做研究的人雖然有一些不錯的成果，但是他們往往提到世界上有很多遠遠比他們厲害的人，所謂天外有天也，不僅做學問的同學有此感覺，幾乎每人都有此感覺。我們固然羨慕某某同學錢賺得多得很，但他們在全國的富豪排行榜上，卻完全排不上，和這些富豪比起來，他們是「低收入戶」，沒有什麼值得驕傲的。就以那位大學校長來講，雖然大家都說他將那所大學辦得不錯，但他

知道世界上有好多大學都比他辦的大學有名。他無論如何努力，也不可能辦出一所哈佛大學來。

所以我們同學聚會，大家就不再會吹噓自己有多厲害，反過來常常交換生病的心得，某某人心臟開了刀，某某人膝蓋有問題，某某人如何醫好五十肩，某某人好像有了六十肩，不知如何是好。每次有人介紹好醫生，大家趕快記錄下來，希望將來能找他看病；有人講某某醫生糊裡糊塗，大家也趕快記錄，將來一定要避開他。

可是，有一天，我們的大富翁忽然告訴我們一件事：他說他有一天去

上班，發現他的秘書好像忙得厲害，他問這是怎麼一回事，原來他的下屬之中，有一位要起一個會。這位大富翁問了半天，才知道那位同事家裡有急事，需要錢用，但是不可能向銀行借到，只好向同事借。所謂打會，就是一種互助的行為，大家共同借錢給他，替他度過難關。大富翁好奇究竟這位下屬要借多少錢，他們說他要借三十萬。這一下大富翁完全愣住了。他以為天下人人家裡都會有三十萬的存款，說實話，他有多少現款，他自己是不清楚的，但當然是遠遠超過了三十萬。

大富翁又注意到很多學童繳不起營養午餐費，他發現營養午餐費是每月六百元。他是個非常仔細的人，他明查暗訪那些繳不起營養午餐費的家庭，發現的確不少家庭真的有問題。

就這麼巧，有人告訴他，如果他每月出七百五十元，就可以使一個非洲家庭的成員有食物可吃，所以這位飽食終日，無所事事的大富翁開始覺得他大有可為，他雖然不是台灣的大富豪，但顯然也可以做不少的事。

在過去，他不覺得他多有錢，現在他忽然感到他是非常有錢的人。他知道六百元對他毫無價值，但是對一個窮小孩子而言，這就是一個月的午餐費用。七百五十元也是沒有什麼了不起的，但是對一個非洲家庭而言，這是可以使他們免於饑餓的錢。

所以他一再向我們宣揚他的一種想法，就是說我們自己也許有一件東西，對我們自己沒有什麼價值，但是對於別人卻極可能非常有價值。七百五十元就是一個好的例子。

我們的另一位同學講了一個有趣的故事，他說他小時候在屏東的一所小學念書，他知道他小學畢業以後，他的媽媽就將他穿過的制服捐出去了。當時他想，誰會去穿舊的小學生制服呢？因為小學生制服上繡了××國民小學的字樣。最近他在埃及旅行，看到當地一個小男孩正好穿了一套他念過的那所小學的制服。當然這套制服大概不是他穿過的，但他從此更不敢亂丟東西，因為他可以隨手丟掉的東西，別人可能將它當成寶貝。

最近，我們的同學會變得比較有趣了。大家已經好久不吹噓了，現在老毛病復發，大家猛吹一氣。老張有一次忽然問我們，「何謂負數？」我們大家認為他的問題頗為可笑，我搶著回答說：「賺的錢是正的，欠的錢就是負的。」老張立刻問我：「那你如何解釋負負得正？」我怎麼樣也講不清楚了。最後老張用數列的方法來解釋負負得正，大家雖然有點不服，也只好承認他的說法是行得通的。原來老張在做幾個弱勢孩子的義務家教，他總算知道如何教負負得正了。

不久，老楊又問我們如何求通過二點的直線方程式，我們異口同聲地說要從斜率著手，但是他說現在國中二年級學生就要學直線方程式，但沒有學過三角，怎麼辦？他將他的方法告訴了我們，我們都很佩服，因為他的方法的確很簡單，國二的學生一定可以學通。而我呢？我告訴了大家一個驚人的消息，我在教一些頑皮的男孩子彈鋼琴。此言一出，舉座嘩然，大家一致認為我吹牛吹得太不像話了。我只好解釋給他們聽，我用的是簡譜，簡譜是沒有左手伴奏的，我就教這些頑童伴奏的一些方法，隨他們如何利用，只要拍子對了就可以了。我們吃飯的地方正好有一架鋼琴，也有些簡譜，我隨便拿了一本，隨便翻了一頁，就彈了起來，這一頁正好是〈新鴛鴦蝴蝶夢〉，雖然這是第一次彈，居然彈得有模有樣，迴腸盪氣，令那些糊塗老頭佩服不已。我們同學中有一位真正會彈琴的，卻硬要說我半拍都幾乎彈成了一拍，非常不對。他被我罵了回去，我說我的彈琴只有一個人聽，就是我自己。管它一拍半拍，只要還有個調子就可以了。

自從那次以後，我的老友老董就拜我為師，他悟性極高，一下子就學會了。他信教，現在幾乎每天都在家彈聖歌，樂不可支。

我們這批年過七十的老頭子，終於發現我們的剩餘價值還滿高的，也完全否決了「老人無用論」。我們都有一些東西，過去並沒有感到這些東西有什麼價值，現在這些東西，對我們而言，仍然沒有什麼了不起，但是對於別人極有價值。最沒有料到的是我們常可以將中學生搞不懂的東西講得一清二楚，我們也都捐錢幫助窮人，即使數目不大，也一定對有些人很有價值。

我們真是「老人得志」矣。

（二〇〇七年十一月十三日／聯合副刊）

現在式

老張在他去非洲以前，曾和我們餐聚過一次，
他告訴我，他去非洲要達成兩個目的：
他要死在一個拿不到死亡證明的地方；
第二，他要死無葬身之地……

Mr. Chang
1930-2006
He lives

老張是我的高中同學，他的一大特點是英文非常好，也常常教我們一些英文文法的規矩，在那個時候，我老是搞不清楚現在式和現在進行式的差別，也更搞不清楚現在式和過去式之間的差別。我到現在還記得老張警告我們不能輕易地用「現在式」，因為現在式往往有永垂不朽的意味。比方說，假設有人已經去世了，我們如果說：「He was a good writer.」，是指他生前是一位好的作家，但如果我們說：「He is a good writer.」，是指他雖然已經去世，世人仍然認為他是好的作家，頗有他已永恆的意思。所以我們在用現在式時，必須非常小心。

由於老張非常聰明，他的事業也就很順利。他在五十幾歲以後，所累積的財產已經相當可觀，因此他在五十五歲左右，就幾乎已是半退休狀態，將他創立的公司交給了專業人員經營，他和他太太兩人到處遊山玩水，世界上有名的地方，他們都去過了。

老張唯一的遺憾是他太太在晚年時心臟不好，令他完全沒有料到的

是，他太太居然有一天在睡夢中過世，雖然死得很安詳，可以說毫無痛苦可言，但是老張所受到的打擊，當然非筆墨所能形容。他太太在家裡過世，在送到殯儀館之前，必須等檢察官和法醫來驗屍，這種情況之下，只有檢察官才能開立死亡證明，沒有死亡證明，一切殯葬事務都無法進行。檢察官不是隨傳隨到的人，老張等了好久，才拿到他太太的死亡證明。

經過這件事情，他有一個感慨，他發現，在台灣，人不分貴賤，死亡以後，一定要有死亡證明，再窮的人過世了，也會有檢察官親自來驗屍。可見得，在我們國家，人的生命是很受尊重的。可是，老張曾經去過印度，有一天清晨，老張從旅館出來散步，一不小心，他碰到了一個躺在路上的人，因為這條路有一點斜，這個人就一路滾了下去，顯然他碰到了一個死人。最令他感到傷心的是一直到下午五點鐘，都沒有人來管這個過世的乞丐。老張的太太過世以後，老張又想起了這件事，他在想：這個人死了以後，有沒有人給他一張死亡證明呢？當然不會，因為他連出生證明恐怕都沒有拿到，何來死亡證明？

除了太太的死亡證明之外，還有一件令老張感慨的是墓地的事，老張很有錢，買到墓地下葬並不是問題，可是就在他辦喪事的時候，他發現一位年輕的寡婦也要替她死去的丈夫辦喪事，而她真的無法付喪葬費用，連最基本的都付不起，老張毫不猶豫地替這個窮苦寡婦付了喪葬費。

老張事後常和我們這些老朋友談起這件事情，他說他常去參加那些有錢人的告別式，他發現人們真是勢利，每一個有錢人的告別式都是人滿為患，花圈一直放到街上，而窮人呢？他們悄悄地離開這個世界，沒有人知

道他們是誰，沒有人知道他們生前住在哪裡，也沒有人知道他們葬在哪裡。他常說，世界上有太多的人「死無葬身」之地。

兩年前，老張做了一個非常戲劇化的決定，他找到一個專門照顧非洲孤兒的組織，這個組織在一個講英文的非洲國家，老張決定到那裡去做義工，用英文教那裡的小孩子數學。他到了那裡以後，才發現這些孤兒中，大多數是愛滋病孤兒，那些孩子活不了多久的。從老張的信看來，他終於在做一些有意義的事，因為他說不論是哪一個小孩，在他生前，一定感受到愛與關懷，他的去世，也一定是一件有尊嚴的事，舉例來說，每一位去世的孩子，孤兒院都會為他舉行追思彌撒。

老張在他去非洲以前，曾和我們餐聚過一次，他告訴我，他去非洲要達成兩個目的：他要死在一個拿不到死亡證明的地方；第二，他要死無葬身之地。

一個月以前，老張的兒子打電話給我，老張去世了，他將立刻飛到非

洲去。老張的兒子回來以後，告訴我他的爸爸的確沒有拿到任何死亡證明，因為這個貧窮的國家，人死了就死了，沒有什麼檢察官來簽發死亡證明書的。他葬在哪裡呢？孤兒院的修女們不肯告訴老張的兒子，她們說這是老張非常堅持的事，而且她們也有老張的書面聲明，希望大家不要公布他葬在哪裡。

可是修女們給了老張兒子一張老張的畫像，這是一個孤兒畫的，畫得很像，將他的慈祥畫得很入神，在這張像的右下角，寫下了「Mr. Chang, 1930-2006」，表示這是老張的畫像，而且也表示他已經在二〇〇六年去世了，但是下面還有一句話「He lives.」。

我忽然想起了老張對於英文現在式的詮釋，「He lives.」是現在式，

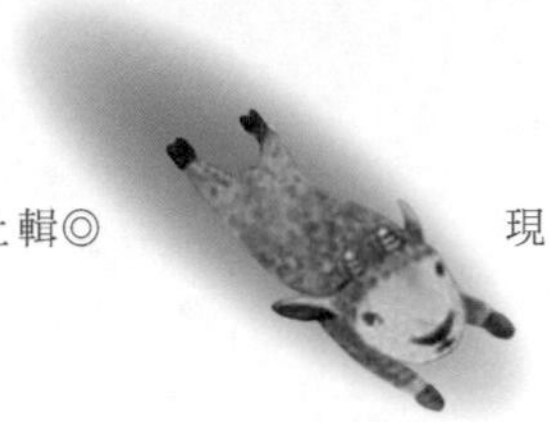

表示他將永遠活在孩子的心目中。

老張最後沒有如願以償，他仍然拿到了一張有畫像的死亡證明，最不容易的是：這張死亡證明上有現在式的句子。在這個世界上，這張死亡證明是沒有用的，但是在他進入天堂的時候，這張有現在式的死亡證明，一定有用的。

（二〇〇六年四月十六日／聯合副刊）

故事六十八（下輯）

遍地大學，教育部該負責

高中生程度不好，絕不是高中的錯，
這些學生，在國中就沒有學好，
國中之所以出問題，完全是因爲小學時就出了問題。

大學指定考試放榜，這次的紀錄已經到了令人驚恐的地步，最低分已經降低到了十八點四七分，平均每科只有三分，也可以進入大學，難怪社會一片譁然了。

在這個時刻，有人提到退場機制，也有人暗示這些收到程度不好的學生的學校辦學不力。其實，問題不在於那些學校辦學不力。我們一定要知道，我們有如此多的大學新生名額，即使我們能將所有的大學都辦得非常好，總有一些學校收到程度非常差的學生。之所以有如此低分，仍能錄取的現象，完全是供過於求的原因。

當年廣設大學和高中，是政府的政策。設立大學，是要經過教育部核准的，教育部手上握有非常豐富的資料，知道高中有多少學生畢業，他們一定早就知道總有一天，人人都能念大學，也總有一天，很多大學即使肯收所有的學生，也會發生招生不足的現象。

因此，教育部官員應該對這種現象負起全部的責任，因為他們當初鼓勵私人興學，大家照你的意思做了，你就不能忽然在進場以後，大談退場機制。那些大學當初是不該成立的，現在已經成立，政府總要負起責任來。

最重要的問題是：為什麼會有如此多的高中生程度如此之差？其實，高中也已有供過於求的現象。有一個縣，高中職共有八千八百個名額，今年只有四千六百位國中生畢業。在這個縣，人人可以念高中職的。有些高中，基測分數最高只有一百一十分，最低者只有五十分。這種高中生，畢業以後，大概仍有大學可念。

應該注意的是：高中生程度不好，絕不是高中的錯，這些學生，在國中就沒有學好，國中之所以出問題，完全是因為小學時就出了問題。

不知何故，我國是一個不講教育品質管制的國家，小學生程度極差，仍然拿得到小學文憑，順利地進入國中，國中老師完全救不了他們。我們要有像樣的高中生，最根本的辦法是在小學裡嚴格把關。我們不該訂出很高的門檻，但總要使小學生有最低程度，比方說，小學畢業時你總要會分數加減。至於雞兔同籠問題，延到國中學代數的時候再要求。如果我們發現學生程度太差，必須及早補救，不能讓他到了國中仍然什麼都不會。

如果在國小和國中實施品質管制，高中生的程度一定會大幅度地提高，很多大學應該比較不會擔心收到的學生程度太差。

可是，大學仍然是太多了。在少子化的現象下，將來一定有很多大學無法經營下去。政府不必講什麼退場機制，很多學校一定會自動關門的。如何利用校舍，應該不是最困難的事。最嚴重的是大批教授失業。這些擁有博士學位的人，往往年紀很輕，可能正值壯年。我建議政府好好利用他們的才能，將他們納入研究單位做研究。我們國家反正有很多研究要做，這批人才絕對可以對國家有良好貢獻。

（二〇〇七年八月九日／聯合報・民意論壇）

教育沒品管，畢業無頭路：
可怕的低分錄取

如果我們一味地感歎大學有程度差的學生，
而不敢過問為什麼國家有這麼多程度極差的學生，
我們可以說我們都是鴕鳥。

故事68 Story

大學指定考試放榜了，我們實在不必去注意哪一所大學的哪一個系是同學們的最愛，而應該注意一個可怕的事實，很多考上大學的學生是以低分考上的。

最令我們感到不安的是，很多同學以極低的分數考上了大學的數學系，數學系不容易念，乃是眾所皆知的事，現在如此難念的系卻收了程度不好的學生，對教授來講，當然會傷透腦筋。可是，老師只要盡力也就算是完成了使命，最嚴重的是大批同學畢業後，無一技之長，找不到給大學生做的工作，而要去和高職畢業生搶工作。即使搶到了工作，也可以想像這些年輕人的沮喪。

有極低分錄取的現象，當初政府一再鼓勵私人興學，乃是主要原因。很多人投資不少資金設立大學，完全是想辦一所非常有特色的好大學，但這談何容易？幾所明星大學，對於學生吸引力極大，最優秀的學生一定被他們找去，中等程度的學生也會被一些歷史悠久的學校搶去，因此越晚成立的大學越吃虧。無論他們多麼努力，他們一定會被迫收到後段班的同學。當初教育部如果告訴那些創辦人，錄取率已經非常高了，低分錄取的現象已經出現，也許很多大學不會設立了。因此我不得不在此責備教育當局，他們知道事實真相，為何不將事實真相直截了當地講出來。

同時我們更該檢討的是：為什麼會有如此多的學生考得如此之差？我一直認為辦教育要講品質管制，但是我們的教育其實是沒有什麼品質管制的，程度再差的學生，也能畢業。我們的義務教育，是不可以留級的。學生基礎沒有打好，卻一路升上去，甚至進入了大學。如果我們一味地感歎大學有程度差的學生，而不敢過問為什麼國家有這麼多程度極差的學生，我們可以說我們都是鴕鳥。我最近發現一批小學五年級的學生只會加法，連減法都不會。教育當局真該提高警覺了。

我也要對一些收到後段班同學的大學提出建議，你們必須以務實的態度來教你們的學生。容我在此舉一個實際的例子，很多以低分考進大學的都是英文程度不好的學生，他們往往無法看英文的專業教科書。在這種情形之下，教英文的目標不妨僅僅是使同學們看懂他們的英文教科書。我承認這個目標的確不夠崇高。即使不崇高，也不容易達到。如果一所大學能夠很認真地往這個目標邁進，他們的學生一定非常感謝母校的。

辦教育，一定要務實。不能高談偉大的理念，而完全不顧殘酷的現實。大學有低分錄取的現象，是一件嚴重的事，不可能在短時間內改善，但是如果教育當局肯勇敢地面對事實，說不定可以徹底地提高後段班學生的程度。大學如果也不再高談偉大的教育理念，而是根據學生的程度來設計教材，一定會教出大批有競爭力的學生。對於我國教育而言，將可化危機為轉機。究竟能否成功，端視教育當局和大學是否務實地處理事情。

（二○○六年八月九日／聯合報・民意論壇）

不知道I是什麼，也不知道am是什麼

如果眞的要幫助基測不好的孩子，
一定要在小學教育上下手，
小學教育的品質管制並不是要孩子留級，
而是一定要使學生至少通過最低的門檻。

基本學力測驗才考完，社會的焦點全部都在哪一位同學考到最高分，或者進入建中、一女中要二百九十分，而大家忽略了我們同一國家內就有大批的同學考得一塌糊塗。

有考得不好的學生，乃是正常的現象，但是如果偏遠地區的孩子們幾乎都考得不好，以及考得不好的同學幾乎都在偏遠地區，這就值得我們注意了。不幸的是，我們要面臨一個殘酷的事實：就教育而言，我們有很大的城鄉差距。在偏遠的鄉下，有很多國中生的基本學力測驗平均分數只有六十分，有一所就在新竹市附近的一所鄉下國中，學力測驗最高分只有一〇八分。這種情形也使偏遠地區高中老師痛苦不堪，因為他們所收的學生基測成績只有一百分左右。

有一位高工電機科老師告訴我，他的學生幾乎全部不會分數加減，有些同學連英文二十六個字母都寫不完全。國中生基測成績落後，不能責怪國中老師，因為有很多國中生入學的時候就已經根基不好，國中老師無論如何努力，都已無法使他們跟上進度。我們可以說國中生基測成績不理想，完全是因為我們的小學無法做好品質管制的緣故。

我有一次發現一批孩子在做減法習題，他們是五年級的小學生，我又發現曾經有很多小四學生不會加法，至於英文，那就更嚴重了。好多小學畢業的孩子英文字一個也不認識。

我們如果真的要幫助基測不好的孩子，一定要在小學教育上下手，小學教育的品質管制並不是要孩子留級，而是一定要使學生至少通過最低的門檻，整數的加減乘除，小數點的加減乘除，甚至分數的加減乘除，都是絕大多數孩子一定可以學會的，如果老師知道某某同學連最基本的學問都沒有，就必須以因材施教的方式去幫助他，他一定學得會的。

現在有很多課輔機構，專門幫助功課不好的孩子，他們大概都不能將一個偏遠地區的孩子程度大幅提高，但是他們都能將孩子的程度提高到跨越了最低門檻，可見孩子們的程度提高到某一地位，是有希望的。

如何使學生不至於太落後呢？我認為教育部必須讓偏遠地區的小學能多聘老師，有了足夠的老師，老師們就可以要求孩子做完功課再回家。目前偏遠地區的孩子們大多數家庭都比較貧困，父母很多都不在家，即使在家，也不會督促孩子做家庭作業，有些孩子在家裡連書桌都沒有。如果孩子們每天再多留兩小時，將該做的練習都做完，他們不可能會全跟不上進度的。

如果無法多聘老師，也應該以補助方式，使老師們肯在課餘督促孩子做家庭作業，孩子如果有問題，也可以當天就問老師。重點是：教育部一定要知道老師輔導以後，學生的程度有沒有進步。

目前，偏遠地區小學的另一個嚴重問題是英文老師的缺乏，很多鄉的全部小學中。沒有一位合格的正式老師，必須靠代課老師或者替代役老師，很多小學生一周只上兩小時英文課，這種情形他們如何能在國中畢業後考到好的基測成績。

教育部一定要籌到經費，讓偏遠地區的小學能多聘合格而正式的英文老師。需知很多城裡的小學生在小學四年級就已會用英文做作文。而我們鄉下的一些孩子卻在完全無人管的狀況下進入了國中。我最近發現一位國中一年級下學期的學生，不知道I是什麼，當然也不知道am是什麼了。

如果一位老師在教一位大人物的孩子，他一定會非常認真，因為他多多少少有點怕那一位大人物家長來興師問罪，弱勢家庭的家長是不會來興師問罪的，他們常以為自己笨，自己的孩子也笨。我希望教育部的官員能扮演弱勢家庭家長的角色，代他們發言，代他們關心弱勢孩子的學習進度。我敢打賭，教育上的城鄉差距會大幅度減小的。

（二〇〇七年六月十八日／中國時報）

老師的愛心，掃除黑暗角落

一個自暴自棄的孩子往往會覺得不受大家尊重，
因此當黑道向他招手以後，
他就立刻發現和那些人來往，
至少可以受到一些尊重。

最近，我們國家發生了一件駭人的案件：有七十九人涉嫌集體吸毒，其中四十六人未成年，最小的僅讀小六，這件事實在非同小可。我們這麼一個看上去非常健康的國家，其實有一個非常黑暗的角落。

值得注意的是：涉嫌吸毒的孩子仍在就學年齡，所以如果不是中輟，就一定是在校學生，奇怪的是，他們的學校好像不知道有吸毒的學生。說實話，我們的教育界一直在注意那些功課好的學生，如果這所學校有一位智力極高的學生，校方早已知道了，現在學校裡有同學已經到了吸毒的地步，反而校方會不知道。

我們不妨看一下這四十六位未成年而涉嫌吸毒的青少年的家庭背景，我敢打賭一定出於比較窮困的家庭，因為出身貧寒，他們回家大概都不會做作業的，久而久之，上課就跟不上了，再加上現在實行常態分班，老師們不可能照顧到這些程度嚴重落後的孩子。孩子會感到很沒有面子，也會自暴自棄。

一個自暴自棄的孩子往往會覺得不受大家尊重，因此當黑道向他招手以後，他就立刻發現和那些人來往，至少可以受到一些尊重。跳八家將，在眾人面前表演，總比在學校裡每次拿考卷時都很丟臉要好得多。

跳八家將還有錢可拿，如果孩子家境非常不好，有這麼一個工作機會，當然會去做。

如果我們要幫助這些孩子，也非難事，主要的是校方是否真的有愛心，有愛心的教育工作者一定會注意到學校裡有沒有一些弱勢家庭來的孩子，如果有的話，老師一定要加倍地注意他們，關懷他們。所謂關懷，絕非空言，必須有具體的行動。而最重要的行動，莫過於將這些孩子的功課搞好，使他們能夠在課堂上跟得上其他的同學。功課跟上了，他就不會自暴自棄了。

我知道一位老師，班上有個孩子功課嚴重落後，品行不太好，家境也非常不好，有時回家甚至晚餐都吃不到，回家也從不做功課。這位老師後來每天替這位學生買一個便當，要求那位學生放學以後必須在學校裡做作業，這位老師在一旁陪著他，學生做完作業，就可以吃這個便當。孩子看在便當的份上，再加上老師在旁侍候，有問題可以問老師，當然願意做作業，一年下來，這位同學的功課已經完全跟上了，而且品行也正常。

我說這個故事的目的，在強調孩子功課好的重要性。但是孩子不會自動功課好，總要老師特別照顧才會變好。反過來說，只要老師對這類孩子關心，孩子當然也會變好。

常常有人要我談品德教育，我都覺得多數人抓不到重點，我們最該注意的是一些已經快被邊緣化的孩子，這些孩子幾乎全部來自弱勢家庭，弱勢父母導致他們的功課遠遠地落後於別的同學，所以我們一定要先將他們的功課拉拔起來。

這次我們國家出了如此嚴重的青少年涉嫌集體吸毒的事件，政府當局絲毫沒有什麼反應。我的感覺是他們不太願意碰社會上這個黑暗的角落，因為他們也沒有能力將光明帶到黑暗的角落去。我仍希望我們從事教育的人，能主動地重視這些孩子，將他們從黑暗的角落帶到光明的地方來。

（二〇〇七年十一月二十二日／聯合報・民意論壇）

刺青男童，
刺痛社會人心

——如果我們還不落實兒福法、
如果教育界完全不關注……
別等邊緣人的孩子，又變邊緣人——

最近，社會上不停地出現虐童事件，而將一個三歲小孩刺青致死的新聞，卻是最令我們難過的。我們都為這個小男童的去世感到悲傷，但我們也不妨幫他想想，如果他活著長大，將來會是怎麼樣的人？

男孩的父親是誰？沒有人知道，即使我們知道了，也可能發現他正在監獄裡服刑；他的母親呢？他的母親顯然對他漠不關心，她根本不知道她的兒子現在由誰照顧。我們可以想見，這位母親自己的問題已經非常多，她真的無力想到兒子了。

至於虐待他的那一位叔叔，報導沒有提到他的家世，可是誰都可以猜出他一定是在一個非常惡劣的環境中成長的。

爸爸不知是誰，媽媽在監獄裡服刑，照顧自己的叔叔是個心理變態的人。對很多人來講，這究竟是怎麼一回事？其實，這沒有什麼特別，在我們的社會裡，有很多社會邊緣人，他們生活在社會最黑暗的角落裡，當絕大多數的人好好地教育子女，努力工作的時候，這些邊緣人物沒有工作可做，不僅如此，對他們而言，犯罪是很普通的事。

遺憾的是，這些人是有子女的，這些小孩子，只知道父母經常無工作可做，三餐經常不繼，父親、母親、叔叔、伯伯都常常被關入監獄。他們當然不會好好唸書，長大後又變成了社會邊緣人。

我們有青少年兒童福利法，也許我們應該好好地看看如何能落實這個法案的立法精神。依法，我們發現了一個極有問題的家庭，我們是可以強制孩子脫離這個問題家庭的，但是我們能將孩子送到哪裡去呢？我每周都做義工的德蘭中心，是一個能夠讓這一類孩子有個好成長環境的地方，可是德蘭中心地方不夠大，經常人滿為患，而且像德蘭中心這一類的機構也不多。

我們還有一個問題，當政府執行公權力，將某個孩子強制送到某個單位去的時候，也要付一筆錢給這個單位，有時政府又沒有經費付這筆錢。

我一直和很多地方政府的社會局有所接觸。我覺得他們都非常認真地辦事，但我認為整個社會對他們的支持是不夠的，以至於他們常有力不從心之感。我也認為一般人都認為孩子們應該不要離開親生父母。這一次，小男孩被刺青，有人說，如果那位在監獄服刑的媽媽告訴法院說她有孩子，他們會讓孩子和媽媽住在一起。這種想法值得檢討，姑不論監獄是不是小孩子好的成長環境，我們該問的是：這位媽媽會做一個稱職的媽媽嗎？

我們的教育界對於邊緣人士孩子的教育，可以說是完全沒有注意到。一個小學生，如果媽媽不見了，爸爸又在監獄裡服刑，校方就應該特別注意這個孩子，首先要做的是給他足夠的溫暖，也要告訴孩子那些行為是不對的，對他們的功課尤其要特別關心，因為這類孩子多半回家不做功課，上課會越來越跟不上，將來也可能變成社會邊緣人。

我知道很多孩子在小學、國中時期，雖然已經有些問題，但畢竟他要上學，所以還沒有完全變壞，但國中畢業、甚至還沒畢業，就變成了中輟生，這種孩子是很難找工作的。在過去，我們國家有很多的小型工廠，這些工廠需要黑手，中輟生找黑手的工作，非常容易。現在，這些工廠不見了，取而代之的是大批的ＫＴＶ以及特種行業，很多孩子國中一畢業，就跑去這一類的服務業工作，因為這一類行業常和黑道有關，有不少窮苦小孩就從此被吸入了黑道，再也回不了頭了。

如果政府有一個機構，專門替中輟生找工作，情形會好得多，有些孩子知道不該去這類服務業工作，但是他們一直找不到工作，最後只好去這類行業做小弟了。

搶救我們的下一代，使他們成為好公民，不要成為社會邊緣人，是一件不容易的事，我們已經有不少的人在做這類工作，我們該多多給他們掌聲和鼓勵，但是政府的經費如果不肯用到這方面來，我們一定會看到越來越多的社會邊緣人做出相當荒謬的事情來。我們的教育界也應該特別注意這個問題，如何教好來自失功能家庭的孩子，乃是一大學問也。

最後，我們該問：「為什麼社會上有這麼多邊緣人物？」我們應該很嚴肅地研究這個問題，總不能不停地看到社會上可怕的事情一再發生。

（二〇〇五年十一月二十九日／聯合報・民意論壇）

科研沒挑戰，引進人才也白搭

工程師都是磨練出來的，我們有時過分地強調創意，而忽略了經驗的重要性。

報載行政院認為我國缺乏科技人才，決定從國外輸入一百萬個科技人才。看了以後，我十分困惑。

我有很多從台清交名校畢業的學生，在科技界服務，薪水不錯，但他們總有一個牢騷：工作太簡單了一點，挑戰性不夠。

在台灣，大多數工程師是非常優秀的，他們畢業時，和歐美明星大學畢業生，沒有什麼差別。可是進入職場以後，慢慢地差距就拉大了。

在歐美，工程師常有機會做非常難的工作。他們真正的成長，是在這些公司裡開始的。

我有一位清大電機系的學生，畢業後進入「類比電路設計」的行業，多年來一直在設計同樣的線路，但是難度越來越高，經驗也越來越豐富。每次完成了一個線路，然後他們會將規格提高一點，他總能達成任務，又設計出了一個非常高規格的線路。

我相信，像他這種人，台灣有的是。我們缺乏的是非常有挑戰性的研究計畫。這位同學在研究所裡根本沒有學過這種技術，就靠一點一滴的努力，終於成了專家。

我們國家，如果需要這種線路，十有八九會去向外國購買，我們的工程師只能將之當成黑盒子般地使用。我們的工程師用了別人的線路長達十年之久，另外一位工程師設計線路長達十年之久，誰比較厲害呢？

韓國工業界在十年前，和我們平起平坐，為什麼現在已經超過了我們？因為他們已經在基礎科技上，打下了很好的基礎。他們不斷在挑戰高難度的技術發展，一定要擁有獨立自主的技術，而盡量地不依靠外國。他們在經歷如此高難度的挑戰以後，已經變成了世界頂尖的工程師。

韓國會有這種研究計畫，是因為有野心，也有耐心。他們如果朝野上下都想在短時間內看到成效，一定只會引進外國技術，永遠不能獨立自主。

我們要引進國外的科技人才，在國內要先營造一個有高挑戰性工作的環境。如果研發工作沒有挑戰性，過了一陣子，科技人才就不是人才；反過來說，如果我們有很多極難的研究計畫，外國的科技人才會不請自來的。

我建議政府策畫幾個難度較高的計畫，責成政府或民間單位在不依賴外國技術的原則之下完成這些計畫。舉例來說，我們可以要求設計一些通訊工業上所需要的積體電路，十分精準的步進馬達，或者一個高規格的控制器。如此不僅在很多技術上可以獨立自主，最重要的是國家會多了一大批十分有競爭力的工程師。

工程師都是磨練出來的，我們有時過分地強調創意，而忽略了經驗的重要性。很多有創意的科技人才，其實是因為他在這個領域裡工作了很久，才會有好的創意。

我不反對引進外國科技人才，但培養本土的科技人才一樣重要。培養科技人才，唯一的辦法就是請他從事他不會做的工作。等到有一天他達成任務，他就是人才了。

（二〇〇七年七月十五日／聯合報・民意論壇）

不講恭喜發財

——但願技術升級，拚經濟

要將經濟弄好，應該是全民共同的願望。
要搞好經濟，該怎麼做，
卻好像沒有一個全民的共識。

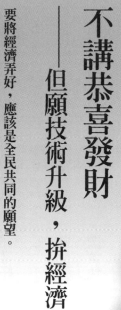

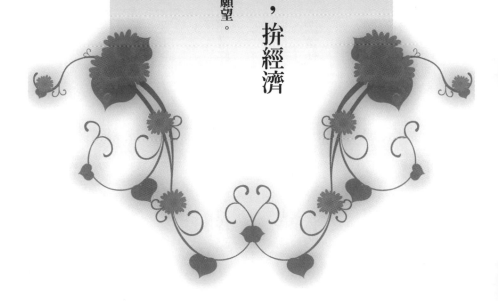

過年，看到親友都要說些吉利的話，我們最喜歡講的是恭喜發財，可見中國人過去多麼渴望過富裕生活。現在絕大多數人已不再講恭喜發財了，但相信絕大多數人都希望國家未來經濟好轉。要將經濟弄好，應該是全民共同的願望。要搞好經濟，該怎麼做，卻好像沒有一個全民的共識。

我們不妨看一看全世界經濟非常好的國家，都有一個共同特點：工業技術水準高。要評估一個國家的工業技術水準，不能從能不能生產某種產品來看，而要看能不能自行製造並設計生產這些產品所需要的儀器和機器、關鍵性零組件、關鍵性原料，以及自行設計生產的製程。

以面板而言，我們的機器、關鍵性零組件和關鍵性原料，都來自外國。我們雖然一直以半導體工業為榮，但生產半導體的儀器全部來自外國，在我們生產半導體以前，這些國家已經賺走了大把的銀子。

我們的面板顯示器工業情況差不多。

再以我們的手機為例，手機裝配也許不需要太多非常精密的儀器，但是手機內部的關鍵性積體電路，卻幾乎全部來自外國，我們不能充分掌握有關射頻的技術。不僅此也，有時我們還要向國外購買軟體。試想，我們的手機能有高利潤嗎？

我們號稱是資訊大國，我們卻正在向印度和埃及買軟體。這實在是我們應該感到慚愧的地方。

為何我們技術落於人後，我有些想法：

一、我們幾乎沒有「精益求精」的精神，我們只求「新而求新」。舉例來說，手機裡有一個中央處理機，這個中央處理機來自英國；這一類的中央處理機，政府曾經投下大筆資金發展過，但雛形完成就放棄了。政府的高級官員不喜歡我們研究員將研究成果一再地改良，而要求他們去做另一個新奇的研究。最後結果是：我們什麼都不會，我們什麼都不精。那家英國公司並沒有什麼偉大的發明，他們只是一直在改善成品，現在全世界有百分之七十的這類中央處理機，都是他們生產的。

二、國人喜歡打高空，而不願意將基礎打好。如果我們想要有精密機器，就必須精通自動控制的技術，但我們似乎不太喜歡將自動控制的技術弄好。很多大學本來都有自動控制系的，但現在都改名了。

我們的機械工業如要有像歐美日那樣的水準，起碼應該弄好機械設計的能力。如果要有很高級的通訊工業技術，必須精通類比線路設計。但是機械設計不屬於政府官員所重視的高科技，類比線路設計更是如此了。這些研究，都是往下扎根的技術，政府官員所喜歡的卻是「前瞻性」的花樣，這種「往後看」的技術，毫不起眼，沒有人支持。我們的工業技術，真是屬於淺盤型的。

三、我國好像沒有雄心壯志。以韓國為例，他們老是在想做出非常難做的產品。就以通訊技術而言，韓國下定決心，發展所謂CDMA技術。當年我們知道他們在做這件事，一定笑他們傻，現在韓國已經有了這種技術，我們下一代的手機一定要用這種技術，但我們完全沒有這種技術。

春節假期結束，大家又開始忙碌了。真希望國人重視工業水準升級問題，沒有高的技術水準，工業產品不會有高附加價值，我們的工廠會陸續地移到大陸去，產品也不太可能銷到日本和歐洲去，而只能長期地依賴中國大陸的市場。要提高技術水準，一定要務實，絕不可以又提出什麼打高空的所謂高科技計畫，政府真應該鼓勵國人努力地將基本工夫練好。

（二○○七年二月二十六日／聯合報・民意論壇）

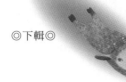

技術靠舶來，比清末好多少？

我們落後於歐美日，乃是不可避免的事；但是我們落後於韓國和印度，乃國恥也。也許我們應該常常捫心自問的是：我們究竟比滿清末年進步了多少？

最近，有一則新聞我們該十分注意，美國前總統柯林頓和印度兩家藥廠簽約製造有關愛滋病的藥，提供世界上窮人使用。

印度有能力製造愛滋病的藥，已不是新聞，但是這則新聞顯示這種能力已經獲得了國際認可。我國工業界該感到汗顏了。

坦白地說，我非常擔心我們工業技術的落後。高鐵是最好的例子，雖然我們有高鐵，我們其實沒有高鐵的技術。無線上網是另一個例子，我們在裝置這些系統時，所有的儀器都是來自外國；當我們大談面板工業有多麼偉大時，不要忘了，我們所用的生產機器和重要原料全部外購。

最近正在建設的WiMAX系統，一旦成功，無線上網會更方便，我們又進入了新紀元。但是，我們必須知道，這個系統中的全部積體電路，都是外購的。

這種情形，已經有很長的歷史。當政府要發展某種科技時，就會

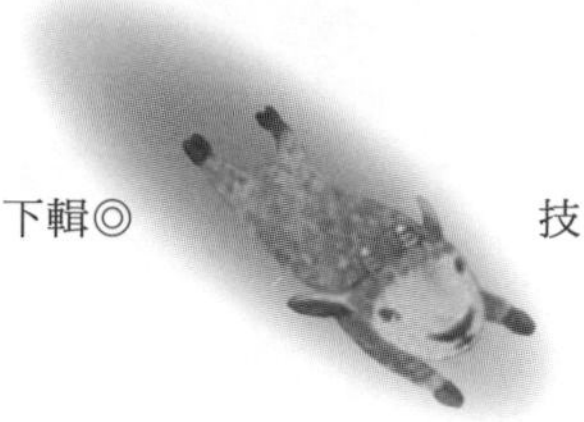

派出大批工程師到國外去採購先進技術，然後再在這些技術上發展成看起來很偉大的技術。總統或行政院長往往會歎為觀止，以為我們已經有了了不起的技術。其實由於我們的技術建築在別人的技術之上，我們是沒有獨立自主的技術的。

我們成天談創意，其實也要靠深厚的技術基礎才能實現。任何人都可異想天開地想到像任天堂Ｗｉｉ那樣的產品，但是如果沒有什麼技術，就休想做出像Ｗｉｉ這種產品來。任天堂Ｗｉｉ的問世，表示他們已經完全掌控了通訊、自動控制和感測器的技術。

我國有工廠，已經有上百年的歷史了。清末我們就有麵粉廠和紡織廠，當時就是進口外國機器。由於無法自己設計及製造生產機器，我們很難發展出什麼特別精彩的產品。

我們真的永遠不能在工業技術上獨立嗎？我們永遠要做先進國家的工業殖民地嗎？當然不是。我們所以一直沒有在關鍵性技術上獨立自主，實在是我們太急功好利，沒有在基本扎根方面下苦功。

韓國人和我們最大的不同，就是在於他們有做往下扎根的工夫，有一種叫做ＣＤＭＡ的技術，韓國人花了近十年的工夫，現在已經有了不錯的成就。看來將來我們必須向韓國購買ＣＤＭＡ技術。

我們有的是優秀的工程師，可惜的是，這些優秀的工程師並沒有太多機會從事非常有挑戰性的工作，因此潛力無法發揮出來。就以通訊工業而言，我們的工程師很少能碰到核心技術的開發，一個手機中，重要的軟體和硬體都是外購。如果我們的工程師能有機會從事高難度的軟體和硬體開發，他們一定可以表現得可圈可點。

我們落後於歐美日，乃是不可避免的事；但是我們落後於韓國和印度，乃國恥也。也許我們應該常常捫心自問的是：我們究竟比滿清末年進步了多少？

也希望國人不要將全部希望寄託在大陸市場上。我們應該有志氣，將我們有高附加價值的產品銷到日本去。如果日本大量進口我們的關鍵性零組件，我們就站穩了。

（二〇〇七年五月二十一日／聯合報・民意論壇）

拋尊嚴搶袋、名牌奴可悲

一個好的社會，是不該如此的。

年輕人應該努力地使自己有更多的競爭力，好使自己能夠以實力往上爬。

可是我們的消費主義已經橫掃整個社會……

看到大批年輕人搶購名牌購物袋的現象，很多人一定感慨萬千，為什麼有這麼多人為這些名牌產品而變成如此的沒有尊嚴？

這些瘋狂的年輕人，已成為名牌的奴隸而不自覺。他們並沒有什麼個人的品味，而是盲目地追隨名牌，名牌說今年要用紅色的，他不敢用白色的。雖然他以為擁有了名牌產品，其實名牌公司早已牢牢地擁有了他，而且可以毫不留情地玩弄他。

在過去，品味和名牌毫無關係，有人喜歡明朝的青花瓷器，是因為愛上了那種瓷器的優雅；有人喜歡某某畫家的畫，也是出於這種心理。愛上名牌完全出於虛榮心，與品味無關。崇尚名牌的人，可以說是一種毫無品味的人。

有一個真實故事，主人翁是哈佛大學的學生，同學都有錢抽古巴雪茄，惟獨他沒有。他的叔叔很有錢，知道他的困境以後，常常寄整盒的名牌古巴雪茄給他，他因此在同學面前聲望大增。畢業那天，他的叔叔來了，問同學們喜不喜歡他所送的雪茄，同學們讚不絕口，沒有想到這些雪茄全部是最便宜的美國貨。那些同學們因此全被叫做「庸俗的哈佛人」，好慘！

名牌存在已經很久了，勞斯萊斯房車、法拉利跑車，都是名牌。這些名牌還算有良心，他們對準有錢人，所以我們通常不去管他們。但是最近名牌開始影響一般人。我曾經見過一位打網球的老兄，他的每一個配件，從衣服、球鞋到球拍，無一不是名牌，但他的球藝爛得驚人，這些名牌配備對他毫無意義。

以這次瘋狂搶購的年輕人為例，他們一定不會是非常有錢的人。非常有錢的人，不需要排二十小時的隊。他們應該是中下階級的人，他們的共同特色是虛榮心。可憐的是：他們不知道名牌對他們一點用也沒有。你背了這個名牌購物袋去台積電面試，就比較容易找到事嗎？絕對不會，台積電在乎的仍是你腦子裡知道什麼，而不會管你帶什麼購物袋；如果你是小職員，無論你如何穿名牌衣服，帶名牌皮包，你仍然是小職員。至於那位總經理呢？無論他穿什麼牌子，他依然是總經理。

值得深思的是：為什麼社會裡有這麼多可憐的名牌奴？他們完全喪失了尊嚴。為了得到天下而喪失尊嚴，都不值得，為了一個購物袋而來，可悲也。

年輕人有虛榮心，恐怕是年紀大的人立了很多不好的榜樣吧。我們過一陣子就看到世紀婚禮，看到貴夫人的種種奢侈旅遊，又看到有錢人吃的××宴。對一些普通人而言，他們會有「大丈夫當如是」的想法，不知不覺中虛榮心就養成了。

一個好的社會，是不該如此的。年輕人應該努力地使自己有更多的競爭力，好使自己能夠以實力往上爬。可是我們的消費主義已經橫掃整個社會，誰都在不知不覺之中接受了消費主義。當我們看到年輕

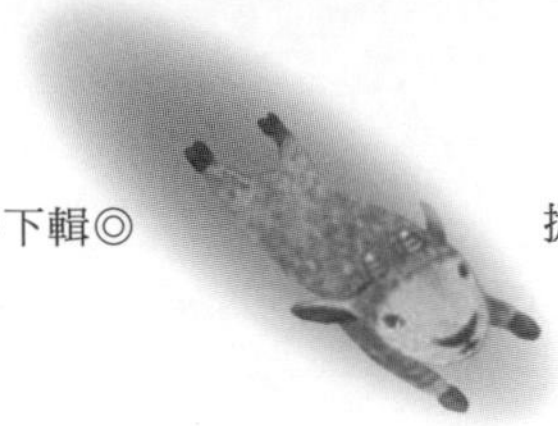

人不去打籃球、踢足球或者游泳，也不好好地念書，而肯花這麼多的時間去拚名牌，我們不禁為他們感到難過，他們為何如此甘心地做名牌的奴隸呢?當那些年輕人跌倒在地的時候，那位名牌公司的董事長一定露出滿意的笑容吧！

（二○○七年七月九日／聯合報・民意論壇）

即使平輩也不該開罵

一個厚道的人，總不會對別人做過分有害的事。
長輩即使做錯，我們也應檢討自己是否完全沒錯。
即使自己沒錯，我們也不能不承認他是長輩。

我們的社會，常常會出現罵人的鏡頭。政黨之間惡鬥，政客們幾乎每天都會用極為不堪的言語辱罵對方，這種情形，已經使很多人感到不安。可是，最近一位社會上非常有地位的人士，居然在公開場合罵長輩。相信不論你是何黨何派，都會大吃一驚的。

我們從小就知道，對長輩一定要給予尊重，在任何情況之下，都不能用嚴厲的字眼。

我們認為，人總要厚道一點。何謂厚道，我不敢給它下定義，但我想一個厚道的人，總不會對別人做過分有害的事。長輩即使做錯，我們也應檢討自己是否完全沒錯。即使自己沒錯，我們也不能不承認他是長輩。我們可以不替他辯護，也可以就事論事地談論，至於用惡毒的言語辱罵長輩，絕對不厚道。

社會裡出現了小輩辱罵長輩的事，我們都應該檢討，因為我們社會裡的確多的是暴戾之氣，而少了祥和之氣。很多人非常喜歡看到他

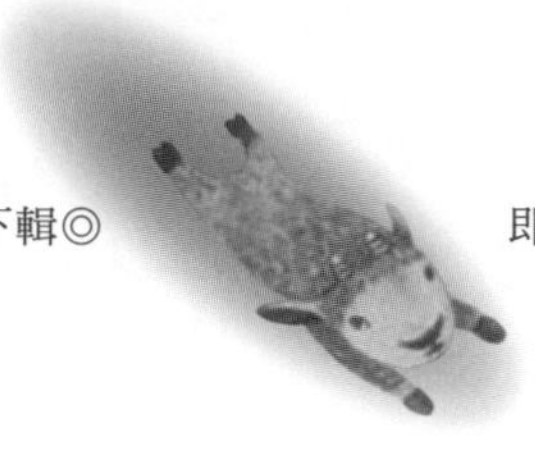

痛恨的政客被罵，很多人之所以能被選上民意代表，也是因為他罵人罵得兇。

在一個正常的民主國家，不同政黨，就可以有不同的政見。政客們在議會中辯論，乃是常態，但在民主殿堂中咆哮，是從來不會發生的現象。今天我們看到小輩罵長輩，大為吃驚。其實平輩互罵，也是該檢討的事。

常有人對別人咆哮，是誰都不願見到的。我們也許不妨問問，我們的社會真是個成天在互罵的社會嗎？我們不妨

想想看，我們去大賣場買東西，有沒有看到人互罵，我們到黃昏市場去買菜，也從來不曾見人互罵過。

這件小輩罵長輩的事情，絕非社會的常態。雖然我們說這是一件特殊事件，我們也必須承認我們大人物之間，的確有惡鬥的現象。由於我們老百姓對於政客的愛恨過分鮮明，我們不僅容忍了政客們的互罵，甚至還鼓勵了他們的惡鬥。在鄉間，我們這些小老百姓是絕不會辱罵長輩的，因為我們平時連平輩也不罵，可是在我們的上層社會中，辱罵對手，乃是稀鬆平常之事，不小心就罵起長輩了。

如果我們的選民對於成天罵人的政客表示厭惡，如果我們不看那些名嘴罵人的節目，我相信我們的社會裡仍會有人在辯論政策的好壞，但我們的社會一定會是一個祥和的社會。如果我們的政客中，多半說話非常溫和，批評對手也不會用過分尖刻的言語，我們反而會看到大家對於公共政策的對與錯有極大的興趣，對國家而言，這才是真正的福氣。

（二〇〇七年六月二十八日／聯合報・民意論壇）

達文西密碼值得看嗎？

書上說，他們知道證明耶穌結婚的證據在哪裡，
可是雷聲大，雨點小，
書裡的英雄們沒有去找這個歷史上的最大祕密，
眞可以說是虎頭蛇尾……

耶穌的後代，至少有二的七十次方

《達文西密碼》恐怕可以算是近年來最受人重視的小說，在我沒有看這本書以前，我就知道這本小說的主題是有關耶穌結婚生子的故事，我當時就驚訝不已，因為要證明任何古人曾經結婚生子，都是高難度的事，耶穌如果確有其人，他也是兩千年前的古人，當時羅馬帝國的正史並沒有記載耶穌的生平，要用非常確切的科學方法來證明耶穌曾經存在，已經非常困難，要證明耶穌曾經結婚生子，豈非難上加難？

這本小說的主軸說世界上有一個祕密的團體，一直在保護耶穌的後代。我的資訊系學生看到這點，個個搖頭嘆氣。耶穌是二千年前的人。如果每三十年有下一代出生，二千年過去了，起碼有了七十代，如果平均一個人生兩個孩子，至今耶穌的後代一定至少有二的七十次

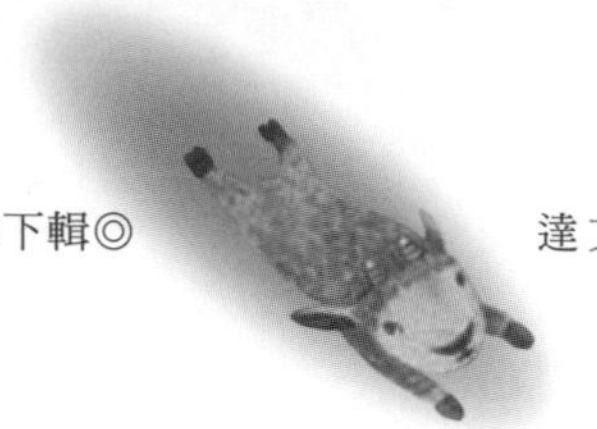

方，這是天文數字，一個小小的團體如何能夠做到這件事？即使我們只保護後代中的長子，也極有困難，因為某位長子如果沒有兒子，我們必須去找他的弟弟。萬一他沒有弟弟，就必須去找他們的堂兄弟。堂兄弟們住在哪裡？難道這個團體有非常好的機制？可以追蹤大批的人，也有大型電腦，可以儲存這些資料。當然囉，這本書對此毫無交代。

最令我失望的是：書上說，他們知道證明耶穌結婚的證據在哪裡，可是雷聲大，雨點小，書裡的英雄們沒有去找這個歷史上的最大祕密，真可以說是虎頭蛇尾。我們該原諒作者，他再厲害，也不可能想出一種令人信服的耶穌結婚的證據。一張羊皮紙上的結婚證書嗎？即使上面有耶穌的名字，我們也無法證明這個耶穌是我們心目中的耶穌。當時的猶太人並沒有姓氏，我們當然不可能因此而相信《聖經》裡的耶穌結過婚。說實話，如果有人說他有證據可證明耶穌沒有結過婚，也一樣的不可能。

可以列爲懸疑小說，沒有資格被列爲偵探小說

這本小說可以被列為懸疑小說，沒有資格被列為偵探小說。懸疑小說有些小漏洞，乃是經常發生的事，但總不能有如此嚴重的邏輯問題，更不能如此的虎頭蛇尾？舉個例子來說，如果有人寫了一本書，說某大國的某將軍祕密地偷了一枚原子彈，而且準備發射了，但是這位將軍聰明過人，任何要抓到他的行動全部失敗。所幸原子彈仍未爆炸。什麼原因呢？並不是因為別人想出了一個打敗他的妙計，而是因為他心臟病爆發。這種虎頭蛇尾的故事使我想起一部偵探小說。這部小說中的嫌疑犯很多，但是我們就是沒有什麼具體的證據。大偵探如何破案呢？容易得很，兇手天良發現，出來自首。這種偵探小說，誰不會寫呢？

《達文西密碼》令我想起一部威爾史密斯演的電影：《星際終結者》（ID4）。電影中，外星人大舉入侵，而且地球上的人類無還手之力，美國總統也倉皇逃離華府，美國空軍用盡了所有的精良武器，都無法摧毀那些邪惡外星人的大型太空船。所幸有人發現這些太空船的防禦網是由電腦連結的。所以威爾史密斯就在空中將電腦病毒用電磁波送進了外星人太空船上的電腦。對方電腦癱瘓。他們的防禦網也垮掉了。

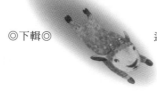

這部電影也是典型的虎頭蛇尾，事情會如此簡單嗎？難道外星人用的是我們人類同樣的操作系統（operating system）？寫這種劇本的人，顯然沒有一點電腦的知識。令我始終大惑不解的是美國的影評都沒有談到這一點。我當時就有一種想法：世人是很容易唬的，至少我們可以說，大多數的人弄不清楚電腦病毒和操作系統有關。因此他們看不出這部電影不合邏輯的地方。他們紛紛走進電影院，使得這部電影大賣。

大多數人，似乎不喜歡講邏輯

雖然《星際終結者》有點虎頭蛇尾，但至少還有個尾。《達文西密碼》根本無尾。因為一開始就說有證據，最後卻提不出證據來。

《星際終結者》是一部娛樂電影，並沒有什麼人嚴肅地討論這部電影，《達文西密碼》就不同了。CNN還製作了一個特別節目，慎重其事地討論這本書，好像這本書極具學術價值。這是我極為擔心的事。如果大家將這本小說看成有趣的小說，也就罷了。大家如此看重這本書，使我感到大多數人似乎不喜歡講邏輯。最糟糕的是連天主教會都強烈地反對這部電影。顯然天主教會感到很多人看了這部電影以後，會從此相信耶穌的確結過婚。

一部小說不合邏輯，無傷大雅。很多小說都是如此。只要讀者知

道哪些地方有問題，就無所謂了。如果大家看不出有嚴重的邏輯漏洞，我們就應該擔心了。如果眾多的人根本不會邏輯思考，我們真該替人類憂心了。

我還是要強調，懸疑小說是不能在結束的地方胡亂了事的，因為懸疑小說最重要的地方一定是在結尾。胡亂結尾的懸疑小說，毫無價值，人人會寫也。《達文西密碼》如果出自一位亞洲國家作者之手，不可能如此轟動。我們只好承認西方國家不僅船堅炮利，在文化上，也是無往不利的。怎麼辦呢？

（二〇〇六年五月二十六日／聯合副刊）

全球挺達富，台灣……

雖然強國對出兵達富猶豫不決，
各種人道主義者卻已不能忍耐下去，
世界上主要媒體，
都已使用「滅絕種族」這種強烈字眼，
來形容達富地區的情況。

九月十七日是全球達富日（Global Darfur Day），全世界各大城市都有成千上萬人民走上街頭，他們希望聯合國能更強有力地介入達富地區，也希望世人能慷慨解囊，以使當地人民能免於飢餓；他們也祈求上蒼，賜給這個地區可憐的人民早日脫離戰亂。

達富是蘇丹的一個地區，在二〇〇三年爆發了內戰，我對內戰的來龍去脈不是很清楚，只知道達富有阿拉伯人，也有非阿拉伯人，有一種人是遊牧民族，另一種人卻是耕田的農人，因為可以利用的土地極為有限，因此就爆發了內戰，政府軍號稱中立，其實在暗助互鬥中的一派。內戰中，誰也不能得勝。戰爭的最大輸家是老百姓，死亡人數至少二十萬人，有人說已達四十萬，至少上百萬人流離失所，無家可歸。近年來，達富已成「悲慘」的代名詞，不知有多少世界級的領袖為達富請命，日前英國唐寧街十號（首相府）前出現了好幾位重要的宗教領袖，共同呼籲世人重視達富地區的悲劇。大明星喬治克隆尼

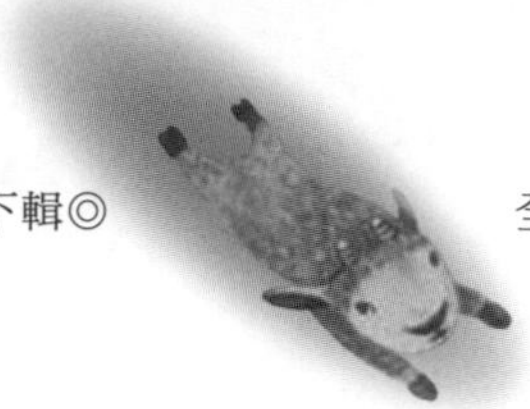

曾經多次造訪達富，他是最替達富人民奔走的大人物，聯合國安理會都受他的影響。

儘管大家都知道達富已經是近乎人間地獄，蘇丹政府就是不承認有這個事實，達富地區一直有一批很弱的非洲維和部隊駐守，但這個部隊沒有什麼作用，安理會已在討論派軍進入達富，但蘇丹政府強烈反對。西方國家向來對於非洲戰爭漠不關心，一來是由於種族歧視，一般白種人只對白種人的遭遇非常注意。二來是西方國家常被非洲國家視為帝國主義國家。即使以聯合國名義出兵，也可能不受歡迎，無法達成任務。

雖然強國對出兵達富猶豫不決，各種人道主義者卻已不能忍耐下去，世界上主要媒體，都已使用「滅絕種族」這種強烈字眼，來形容達富地區的情況。大國想充耳不聞，這次大概是做不到了。

達富的悲劇一直是世界主流媒體注意的焦點，如果你用Darfur鍵入Google搜尋引擎，可以找到一千六百萬個反應。BBC永遠詳列出有關達富的新聞。我國的媒體只有聯合報提過一次，電視台和其他報紙都從未報導過達富的新聞，為何如此，我無從知道，大概總有個崇高的理由吧。所以，在全球達富日的活動中，我們好像是缺了席，民間沒有活動，好像政府也沒有任何表示，好可惜。我們總責怪世人不同情我們，我們又何曾同情過非洲人？我們常埋怨世界的媒體不太報導我們的消息，但我們經常在世界性的運動中缺席。

年輕同學們不妨擴展你們的視野，使你們有世界觀。所謂世界，絕非只有美國。究竟我們會不會有視野開闊的人民，就全靠你們了，願你們好自為之。

（二〇〇六年九月二十一日／聯合報・民意論壇）

不願對話，恐怖攻擊難止息

我們可以理解爲何西方國家團結一致地想消滅這些恐怖份子，
但是我們必須冷靜地檢討一下，
西方國家反恐戰略正確嗎？

英國又傳來令人不安的恐怖攻擊事件，雖然沒有造成重大傷亡，英國人一定會有某種程度的恐懼感。儘管英國新任首相信誓旦旦地發表強硬談話，說英國絕不會向恐怖主義屈服。但這有用嗎？對每天要上班的英國老百姓來說，他能因為首相的強硬談話就因此放心嗎？

其實，我們早該注意到一件可怕的事實：伊斯蘭教激進份子絕對是在越來越多的狀況。

就以巴勒斯坦來說，西方國家一再壓迫巴勒斯坦舉行自由而公平的選舉。選舉的結果卻是哈瑪斯黨得勝。哈瑪斯是由伊斯蘭教激進份子組成，他們公開倡導摧毀以色列。誰都知道這種政黨的執政一定會使巴勒斯坦處於緊張的狀況，但是多數的巴勒斯坦人民居然選擇了哈瑪斯，可見得伊斯蘭教激進份子的影響力是越來越多了。

黎巴嫩的情形更糟，以色列去年入侵黎巴嫩，目標是真主黨。雖然以色列沒有戰敗，但最後無功而返。真主黨在黎巴嫩卻反而增加了。遺憾的是真主黨又是一個絕對的伊斯蘭教激進組織。經過去年的以色列入侵以後，真主黨不可能從黎巴嫩消失了。

阿富汗過去是由神學士統治的，九一一事件以後，美國和北約組織都派了軍隊到阿富汗，歐美國家也都以大量的金錢援助阿富汗。六年過去了，這些國家的軍隊不但無法離開，而且戰況越來越激烈。神學士應該算是世界上最不講理的人，他們甚至不肯讓女孩子念書，也曾經以大炮攻擊阿富汗的巨型佛像。我們以為神學士一定會被人民所遺棄，可是神學士好像永遠都會存在阿富汗了。

伊斯蘭教激進份子最多的地方是伊拉克，每一周，伊拉克都有自殺攻擊。

伊斯蘭教激進份子對人類是極大的威脅，他們的恐怖活動使無數無辜的人喪生。我們可以理解為何西方國家團結一致地想消滅這些恐怖份子，但是我們必須冷靜地檢討一下，西方國家反恐戰略正確嗎？

西方國家的文化常常是「打敗敵人」，對他們來說，因為伊斯蘭教激進份子危害西方社會，當然就是敵人，直覺反應就是打擊對手。西方國家只想打擊伊斯蘭教激進份子，而沒有興趣瞭解對方。

如果我們研究一下伊斯蘭教激進份子恐怖攻擊的歷史，不難發現，他們的崛起和以色列的建國是有關係的。以色列的建國有其必要，但是以色列建國以後，所造成的問題卻也是西方國家不能漠視的。以色列建國以後所造成的數百萬巴勒斯坦難民，幾十年來始終無家可歸，難怪很多難民變成了激進份子。

如果伊斯蘭教徒沒有感到冤屈，就不會支持這些激進份子。西方國家最迫切需要做的事無非是設法瞭解激進份子的想法，也應該鼓勵西方的知識份子和伊斯蘭教的知識份子，展開會談，以消除互相對立的誤解和偏見。

而西方國家最不該做的恐怕就是「打擊敵人」的做法，激進份子雖然是敵人，但這個敵人，不是一個國家，你最多可以征服一個國家，但你絕對不可能用打擊來消滅一種思想。

這幾天，阿富汗境內的美軍大量地動用空軍來打擊敵人，結果是大批平民被炸死。轟炸可能炸死了一個神學士，但卻因而產生了五個神學士。

如果西方國家不願意瞭解伊斯蘭教激進份子，也不想和伊斯蘭教徒展開溝通的談話，而永遠想以武力來征服對方，我們大概不會看到一個安全的世界。

（二〇〇七年七月二日／聯合報・民意論壇）

法國青年反革命？

——不應往後看「終身雇用權」，
應往前看「全球資金流通」的殘酷事實

法國人如要保持他們美酒美食的生活方式，
他們很多的生活習慣都要改。
糟糕的是，法國人好像是最不願意改變的民族。

前些日子，我在法國，正好碰上大罷工，還好沒有影響行程。但我仍盡量利用機會，設法瞭解這次大罷工是怎麼發生的。

大罷工顯然是因為政府通過了一則法案，這項法案的目的是增加青年就業機會。法國的失業率高達百分之十，而青年失業率高達百分之二十。青年時失業，可能造成終生失業。難怪法國總理用盡技巧，使國會通過法案，使得雇主可以較容易地解雇年輕的受雇者。法國人一直享受終生雇用權，企業一旦雇用了你，就很難將你解雇。這種保護，反而沒有了新的企業。政府的想法是給予企業主較大的彈性，從而在法國有更多的投資，增加就業機會。

但是在法案通過以前，國會幾乎沒有辯論的機會，總理利用一種特別的立法技巧，暗渡陳倉地通過了這項法案。由於這項法案針對青年而來，青年們覺得他們受到歧視。政府的好意變成了惡意。法國人有一種浪漫情懷，他們想起了二百年前的法國大革命，老百姓手無寸鐵地團結一致，居然能夠推翻有軍隊的皇室。這一次，他們又團結了，目的是要推翻不顧社會正義的法律。

可是，在我看來，法國青年們要保護的不是一種社會正義，而是一種特權。在過去，也許終生雇用權有意義，但在目前全球資金可以流通的狀況之下，法國的資本家往往會到東歐國家去設廠，終生雇用變成了終生失業。法國青年人多半不肯面對這個殘酷的事實，他們反而責怪政府，認為政府應該替他們找到工作，也應該保證這些工作都是永久性的。

當他們在街上揮舞三色的法國國旗的時候，他們的眼光是回頭看的，而沒有向前看。時代變了，法國人如要保持他們美酒美食的生活方式，他們很多的生活習慣都要改。糟糕的是，法國人好像是最不願意改變的民族。

我在法國期間，發現大多數人討論的焦點，都在這項法案是否該被接受。其實，誰都知道，即使全國人民一致接受了這項法案，這項法案也不可能解決法國如此嚴重的失業問題。法國人應當冷靜而理智地參考別的國家的做法，好好檢討法國的缺點，必要時，法國必須要有重大的改革。

法國絕不是一個完全沒有競爭力的國家。美國著名的RCA公司就早已被法國的Thomsan公司併吞，法航二年前併吞了荷航，成了歐洲最大的航空公司。這幾天，法國的阿爾卡特併吞了美國的朗訊公司，也可能是世界上最大的通訊公司。阿爾卡特公司的高級工程師，向來以英文溝通，因為他們中間，有一半來自外國。法國也吸引了不少跨國公司在法國投資，在法國，每七個人就有一人替外國公司服務；而美國，每二十人才有一人替外國人服務。

我想法國最大的缺點是只有大公司，而沒有小公司，法國人必須好好思考這個問題，最好到台灣來看看，說起來，我們真該慚愧，我們沒有ＬＶ，也沒有阿爾卡特，但我們有無數的小公司。法國人不妨來看看為何我們有小公司，我們該到法國去，看看如何能產生像阿爾卡特的世界級大公司。我們都不該只往後看，而該盡量往前看。法國年輕人的作法，是不值得我們學習的。

（二〇〇六年四月六日／聯合報・民意論壇）

廣東汕尾開槍鎮壓事件

——人民政府——為人民？為資本家？

人民政府是應該照顧人民的，
人民政府應該知道，最需要照顧的人民是窮人，
而不是富有的資本家。

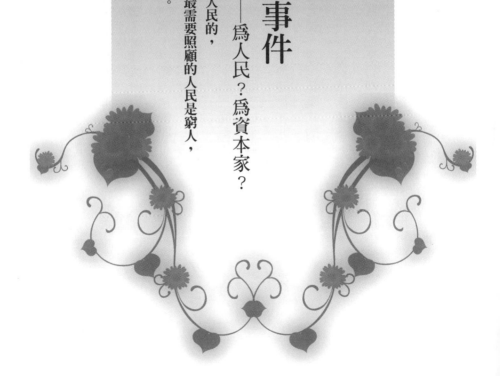

廣東省汕尾市東州坑村最近發生嚴重的暴動，當地的武警居然開槍射殺平民，這件事情，震驚了世界。其實，我們應該知道，以人民政府過去的作風來看，這種流血衝突是必然會發生的。

衝突的起因是徵地，這類因為徵地而引起的衝突在過去也一再發生。有一次，農民甚至占據了當地的共產黨支部幾個月之久，最後，也是由武警強行將占據黨部的農民驅離，有些人也被關進了監獄。

前些日子，外國媒體上出現了一張照片，照片中是一座像法國古堡的建築物，但這座優雅的建築物在北京城郊外，現在是當地有錢人的俱樂部，據媒體介紹，這座建築物的內部更是奢華之至。建築物的外圍占地相當之大，花園也是法國式的。

但是，這一大塊土地是哪裡來的，當然是從農地變成的，因為農地被徵收，農民抱怨連連，他們所得到的補償少得可憐，他們是農民，除了種田以外，什麼也不會做。政府將他們的耕地拿走，教他們怎麼活呢？

大陸政府也承認大陸各地有抗爭的事件，去年一年，就有數萬件之多，所有的英美媒體，包括BBC、CNN、紐約時報、華盛頓郵報、泰晤士報等等，都常常報導大陸的抗爭事件，絕大多數事件都與徵地有關，但也有些卻完全是由一些小事情引起。

比方說，在重慶市，一位有錢人看不起窮苦的工人，對他辱罵，竟然引起上萬人的抗議；在安徽，有一位富翁開車進城去看一所私立醫院，以決定是否要投資，他帶了他的女朋友和保鏢一起去，不幸地，他的豪華轎車撞倒了一輛腳踏車，腳踏車的車主是窮人，對他來講，沒有腳踏車，就無法工作，所以他當然要求富翁賠償，這位富翁以一種極端看不起窮人的態度對他，使他感到受到侮辱，引起很多人圍觀，也引來了警察調停，但路人的感覺是警察站在富人這邊，終於引發了暴動，一所附近的大賣場被洗劫一空。

大陸的貧富不均問題是非常嚴重的，聯合國的貧窮線是一天一元美金的收入，所以如果你一年賺到三百美元，就在貧窮線之下。中國大陸有溫飽線，在此線之下，就不得溫飽，溫飽線是每年七十元美金的收入，比聯合國的貧窮線還要低。

大陸是一個非常大的國家，人口又多，要想均富，實非易事，任何人治理這樣大的國家，大概都會有貧富不均的現象，我們不能過分苛責這種現象。問題是：大陸政府目前全力拚經濟，對於這種發展經濟所造成的後遺症，好像滿不在乎。窮人在大陸，顯然是權益毫不受保護的，如果因為徵地而產生抗爭，吃虧的多半是當地窮苦的農民。

我們也應該注意到另一個現象，大陸不停地發生礦場坍方的慘劇，動輒就是上百礦工喪生。大陸窮人的醫藥問題更加嚴重，改革開放以後，政府要求各個醫院要自給自足，在如此要求之下，哪家醫院能照顧窮人呢？

我們雖不能要求大陸政府立刻解決貧富不均的問題，但我們應該要求大陸政府重視大陸有大批窮人的事實，在發展經濟的同時，也要照顧到窮人的生活和權益。要知道，一個國家有法國式古堡並不值得驕傲，一個國家消滅了貧困，才是值得驕傲的事情。

我有一位朋友，有一天在上海街上看到一個手指血流不止的年輕人，一問之下，才知道這位年輕人從鄉下來上海，所能做的只是拾荒而已，因為沒有經驗，碰到了一塊尖銳的玻璃，當場血流不止。我的朋友立刻將他送進醫院去包紮。這位鄉下青年的遭遇，使我想起了狄更斯小說裡的情節。

人民政府是應該照顧人民的，人民政府應該知道，最需要照顧的人民是窮人，而不是富有的資本家。

（二〇〇五年十二月十四日／聯合報・民意論壇）

世界越仇恨，越該撒愛的種子

人類唯有相互尊敬，才可能有和平。

奇怪的是，爲什麼有些人在維護所謂表達自由的同時，忘了尊敬別人。

最近一家丹麥的報紙出現的漫畫，將伊斯蘭先知穆罕默德描寫成恐怖份子，有一則甚至畫了一位恐怖分子在執行自殺性攻擊之時，穆罕默德對他說，「很抱歉，天堂裡的處女快不夠了。」

這種極盡侮辱之事的漫畫，當然會引起全世界穆斯林的強烈反感。丹麥的一家食品公司發現他們的食品原來在伊斯蘭國家賣得好好的，現在已跌到零。日昨報上說敘利亞的丹麥大使館已被燒掉了，看來丹麥公民在全世界的伊斯蘭國家只好打道回府。

對於這種激烈的反應，丹麥政府的態度最多只是表示遺憾，但堅決不道歉。丹麥的那家報紙雖然道歉，但只一再重申人類有「表達的自由」，也就是說，你想怎麼表達，就應該可以表達。社會不能禁止人們表達任何的想法。

如果真是如此，伊斯蘭國家的人民當然也有權利表達他們的想法，如果全世界的穆斯林都拒買丹麥貨，丹麥人也不能說這是反應過度。

歐洲很多評論員都一再強調言論自由，絲毫不在意他們的所作所為是否可能挑起民族間的仇恨和誤解。他們並非白癡，當然知道將穆罕默德和處女扯在一起以後，一定會引起極大的反感，但是他們為了要討好他們這一類報紙的某些讀者，只好做這種極無品味的事。

人類如果要想有和平，就絕對不能再挑起仇恨，西方世界和伊斯蘭國家之間有歷史上的不諒解，如果我們看最近發生的一連串事件，不難發現這種不諒解仍在擴大之中。

西方社會的確有很多人從內心深處就看不起伊斯蘭世界，對他們來說任何一個穆斯林，都可能是恐怖份子。而伊斯蘭世界，基本教義派的激進份子絕對是有增無減，對這些人來講，整個西方文明都是魔鬼的化身，必須加以徹底的摧毀。

我們應該在仇恨中撒播愛的種子，我們應該知道，我們所作所為，絕對不能使這個世界增加更多的仇恨。人類唯有相互尊敬，才可能有和平。奇怪的是，為什麼有些人在維護所謂表達自由的同時，忘了尊敬別人。

（二○○六年二月六日／聯合報．民意論壇）

李家同作品系列

◎文學作品

讓高牆倒下吧（精、平）	李家同著
陌生人（精、平）	李家同著
鐘聲又再響起	李家同著

◎英語數學學習系列

專門替中國人寫的英文基本文法	李家同、海柏合著
專門替中國人寫的英文課本　初級本上冊	李家同策劃審訂
專門替中國人寫的英文課本　初級本下冊	李家同策劃審訂
專門替中國人寫的英文課本　中級本上冊	李家同策劃審訂
專門替中國人寫的英文課本　中級本下冊	李家同策劃審訂
專門為中學生寫的數學課本　代數上冊	李家同編著
專門為中學生寫的數學課本　代數下冊	李家同編著
專門為中學生寫的數學課本　四則運算	李家同編著
讀李家同學英文１：我的盲人恩師	李家同著
讀李家同學英文２：車票	李家同著
讀李家同學英文３：我只有八歲	李家同著
學好英文沒有捷徑	李家同著

聯經出版事業公司

信用卡訂購單

信　用　卡　號：□VISA CARD　□MASTER CARD　□聯合信用卡

訂 購 人 姓 名：＿＿＿＿＿＿＿＿＿＿＿＿＿＿＿＿

訂　購　日　期:＿＿＿＿＿年＿＿＿＿月＿＿＿＿＿日　(卡片後三碼)

信　用　卡　號：＿＿＿＿　＿＿＿＿　＿＿＿＿　＿＿＿＿　＿＿＿

信 用 卡 簽 名：＿＿＿＿＿＿＿＿＿＿(與信用卡上簽名同)

信用卡有效期限：＿＿＿＿年＿＿＿＿月

聯　絡　電　話：日(O)：＿＿＿＿＿＿＿夜(H)：＿＿＿＿＿＿

聯　絡　地　址：□□□＿＿＿＿＿＿＿＿＿＿＿＿＿＿＿＿

＿＿＿＿＿＿＿＿＿＿＿＿＿＿＿＿＿＿＿＿

訂　購　金　額：新台幣＿＿＿＿＿＿＿＿＿＿＿＿＿＿元整

（訂購金額 **500** 元以下,請加付掛號郵資 **50** 元）

資　訊　來　源：□網路　□報紙　□電台　□DM　□朋友介紹

□其他＿＿＿＿＿＿＿＿＿＿＿＿＿＿＿＿

發　　　　　票：□二聯式　□三聯式

發　票　抬　頭：＿＿＿＿＿＿＿＿＿＿＿＿＿＿＿＿

統　一　編　號：＿＿＿＿＿＿＿＿＿＿＿＿＿＿＿

※ 如收件人或收件地址不同時，請填：

收 件 人 姓 名：＿＿＿＿＿＿＿＿＿＿＿＿□先生　□小姐

收 件 人 地 址：＿＿＿＿＿＿＿＿＿＿＿＿＿＿＿＿＿＿＿＿

收 件 人 電 話：日(O)＿＿＿＿＿＿＿夜(H)＿＿＿＿＿＿＿

※茲訂購下列書種,帳款由本人信用卡帳戶支付

書　名	數量	單價	合　計
	總	計	

訂購辦法填妥後

1. 直接傳真 FAX(02)27493734
2. 寄台北市忠孝東路四段 561 號 1 樓
3. 本人親筆簽名並附上卡片後三碼(95 年 8 月 1 日正式實施)

電　話：(02)27627429

聯絡人:王淑蕙小姐(約需 7 個工作天)

故事六十八

2008年2月初版　　定價：新臺幣240元
2011年11月初版第九刷

著　　者　李家同
發行人　林載爵

出版者　聯經出版事業股份有限公司
地　址　台北市基隆路一段180號4樓
台北忠孝門市　台北市忠孝東路四段561號1樓
電話　(02)27683708
台北新生門市　台北市新生南路三段94號
電話　(02)23620308
台中分公司　台中市健行路321號
暨門市電話　(04)22371234 ext.5
郵政劃撥帳戶第0100559-3號
郵撥電話　27683708
印刷者　文聯彩色製版印刷有限公司
總經銷　聯合發行股份有限公司
發行所　台北縣新店市寶橋路235巷6弄6號2F
電話　(02)29178022

叢書主編　邱靖絨
校　　對　楊蕙苓
繪　　圖　儲嘉慧
整體設計　翁國鈞

行政院新聞局出版事業登記證局版臺業字第0130號

本書如有缺頁，破損，倒裝請寄回聯經忠孝門市更換。　ISBN 978-957-08-3244-0 (平裝)
聯經網址 http://www.linkingbooks.com.tw
電子信箱 e-mail:linking@udngroup.com

國家圖書館出版品預行編目資料

故事六十八 / 李家同著．初版．臺北市．
聯經．2008年2月（民97）；216面．
14.8×21公分．（當代名家）
ISBN 978-957-08-3244-0（平裝）
〔2011年11月初版第九刷〕

855 97001061